Hans-Jörg Stetten

Das Dorf der
bösen Träume

Lebenserinnerungen
an die Kindheit

Alle Rechte liegen bei dem Autor
Herstellung: Books on Demand GmbH, Norderstedt, 2003
Cover-Gestaltung: Arno Stetten, Bonn
Bilddruck: Heimatort
ISBN 3-8330-0419-3

Hans-Jörg Stetten

Das Dorf der
bösen Träume

9 Kapitel

Vorwort

Diese 9 Geschichten sind der 1. Teil
weitere drei Bücher mit insgesamt
40 Kapitel sind in Vorbereitung

Inhalt

Diese lustigen und spannenden Geschichten erzählen von einem bescheidenen Dasein in einem 500-Seelen-Ort und in der Umgebung von Königswinter zwischen den Jahren 1945 bis 1965.
Zwei aufgeweckte Burschen unterschiedlicher Charakterien und ihre Freunde sorgen mit allerlei gewagten Streichen für ein heikles Durcheinander. Dabei geraten die erwählten Methoden einer strengen Erziehung öfters ins Wanken und fordern im Sinne der christlichen Glaubenslehre die vielseitige Darlegung der Zehn Gebote heraus.

Zwei Esel zu viel

An einem Sonntagmorgen sitzen die Eltern mit ihren braven Kindern um das Frühstück verteilt und beraten den weiteren Tagesablauf. Durch das Stubenfenster dringen die ersten Sonnenstrahlen herein und kündigen ein herrliches Tourenwetter an. Die Mutter hat eine erleuchtende Idee und sagt:"Passt heute Vormittag auf die Kleidung auf, damit ihr nach dem Mittagessen noch einigermaßen ordentlich und sauber ausschaut. Mit dem Automobil eures Vaters unternehmen wir gemeinsam einen schönen Ausflug ins Siebengebirge. Dort gibt es Affen, Schlangen, Echsen und Esel. Sie sollen den Besuchern den langen Aufstieg zur Burgruine erleichtern."
"Oh wie toll. Dort sehen wir hoffentlich etwas anderes, als hier unseren Bach und die Kühe auf der Weide." ,sagt Hajo.
"Dort kannst du deine Artgenossen begrüßen und ihnen die Hand reichen." ,blödelt Bruder Anton herum.
Seine witzige Bemerkung ist jetzt auf die Mutter übergesprungen.
"Vielleicht warten diese jecken Gesellen auf deine Wenigkeit und wollen dir deine angeborene Schlauheit entreißen."
"Warten wir ab, wer dort wen wiedererkennt."
"Jawohl Bruderherz. Die wilden Affen lachen jetzt schon, bevor sie dich beäugelt haben." ,sagt Hajo und grinst verstohlen.
Bis zur geplanten Abfahrt ist es noch eine kleine Ewigkeit. Gegen 9 Uhr geht es zunächst in die Kirche, um für die begangenen Sünden eine entsprechende Buße zu leisten. Nach der Messe folgen diverse Handhabungen im häuslichen Bereich, bis am Mittag das Tischgebet ansteht. Das aufgetafelte Essen riecht köstlich; welch ein Genuss. Nun steht das große Abenteuer kurz vor dem Aufbruch. Spülen und das Abtrocknen ist nebensächlich und wird ohne murren erledigt.

Inzwischen hat der Vater seinen betankten Kraftwagen vor das Haus gestellt und erwartet die lustigen "Dorfschwalben", die mit einer guten Vorahnung in das Auto einsteigen. Ihre Vorfreude ist groß und ein seltsames Gefühl überkommt sie, als die Räder losrollen. Eine beinahe schwebende Autofahrt führt über fast menschenleere Landstraßen, die windige Hügel und trostlose Talsohlen durchziehen und enden nach 25 km Wegstrecke auf einem Parkplatz am Fuße eines hohen Berges. Hier ist das vorläufige Ziel erreicht. Viele Buchen und Eichen umranken eine aufhellende Waldschneise. Gut gelaunt geht es nun auf die Wanderschaft.

Weiter dürfen die Ausflügler nicht mit ihren Privatautos fahren, weil der einzige Zufahrtsweg nur mit einer Sondergenehmigung zu passieren ist.

Eine herrlich wohltuende Waldluft dringt in die Riechorgane ein und erfrischt eindrucksvoll den menschlichen Geist.

An einem dicken Baumstamm ist eine historische Steintafel zur ersten Information angebracht, die an den freiwilligen Landsturm der Preußen aus den Jahren 1813 bis 1815 erinnert.

Zum Berggipfel führen drei unterschiedlich schwierige Grade hinauf und bringen etwas Abwechslung in den Kreislauf der Natur.

Am Bequemsten ist die Fahrt mit einer Zahnradbahn. Sie spart viel Zeit ein, doch ihr Fahrpreis schaut weniger erfreut aus. Daher ist der schlangenförmige Naturweg auf Schusters Rappen kostenfrei zu bewältigen.

Rührselig starren die Kinderaugen auf die braven Esel, welche auf ihren Rücken zwei Ledersitze tragen. Das wäre eine schaukelnde Gaudie, die den Söhnen mehr Spaß bereiten würde.

So eine sehr gemütliche Fortbewegungsform bringt Freude und gute

Laune und ist für die Freunde einer mehr trotzigen Weise ein neues
Erlebnis, ein wahrer Genuss, der Reiter und Lasttier zugute kommt.
Aufgeregt schielen Anton und Hajo auf den tollen Schabernack,
der ihnen bevorstehen könnte, falls die Eltern ihr Einverständnis
dazu geben.
Auf ein kräftiges IA IA folgt ein verdutzter Kinderblick. Was
haben diese seltsamen Tierlaute zu bedeuten? Ist es ein Zeichen
für den baldigen Aufbruch oder ist es vielleicht ein tierisches
Ritual, das die einfache Begrüßung von zwei Trotteln beinhaltet?
Eine Antwort ist den Brüdern gleichgültig. Sie wollen auf einem
Eselsrücken aufsitzen und ohne jegliche Verzögerung die weite
Welt betrachten.
Für die Begleitpersonen ist es weniger lustig. Sie dürfen hinter
oder vor den Vierbeiner hertrotten. Das ist eine heikle Sache,
die nicht alle hoch erfreut. Trotzköpfig ruft Hajo in die Runde:
"Ich will alleine auf einem Esel reiten."
Normalerweise sitzen rechts und links je eine Person, die beide
gemeinsam eine schaukelnde Route bestreiten. So ist der Preis
für die Beförderung günstiger, als auf zwei Esel zu reiten.
Nach einer kurzen Beratung mit dem Eselstreiber ist der Einzelritt
genehmigt. Hajo und Anton dürfen getrennt auf einem Esel sitzen.
Nun kann das tierische Vergnügen beginnen.
Vorwitzig und hochnäsig will Anton seine schmähenden Worte der
Blödelkunst vortragen und sagt:"Das ist aber eine rießige Freude
für deinen dummen Esel, wo er einen anderen "Esel" tragen darf."
Hajo nimmt es gelassen hin, und die Esel stimmen mit einem IA
IA in den Reigen ein, als hätten sie die Worte genau verstanden.
Die Tiere sind kaum so dumm wie sie tun und schlauer, als der

Ruf, der ihnen vorauseilt. Das bekommt dem listigen Angeber kaum, da sein beherzter Ausreißversuch fehlschlägt. Theresa hat seine Zügel fest im Griff. Hier diesen steilen Weg hochpreschen, das ist für die armen Lasttiere viel zu anstrengend. Daran hat Anton nicht gedacht, bevor er seinen waghalsigen Plan ausführen wollte. Ohne Skrupel wollte er seinen Starrsinn bekräftigen und ist bitter gescheitert. Eine trotzige Gegenwehr sagte nein und stoppte diesen Wahnsinn, bevor ein Unglück geschehen konnte.

So stampfen nun viele Beine verschiedener Wesen folgsam und mutig über einen holprigen Pfad und erreichen glücklich die Raststation auf dem unteren Plateau, die teilweise wettergeschützt in den Berg eingelassen ist. Hier warten einige niedliche Zootiere auf freundliche Besucher, die ihnen kleinere Leckereien zuwerfen. In einem großen Drahtkäfig flitzen muntere Affen hin und her. Kreischend springen sie kreuz und quer durch's Gehege und bitten mit ihren putzigen Gesten um ein wenig Aufmerksamkeit. Das gefällt den Brüdern, denn sie haben rasch den Eseln ihren Rücken zugewandt und wetzen aufgeregt auf den Käfig zu und wollen den verspielten Tieren auf den Zahn fühlen. Doch die Eltern haben vorerst andere Pläne und greifen die Ausreißer beim Schopf. Zappelig hängen sie nun an Mutters Rockzipfel und möchten die Affen nicht aufgeben.

"Sind sie nicht süß?" ,fragt Hajo mitfühlend.

"Das hilft euch jetzt nichts." ,erwidert Theresa."Wir gehen zuerst zu den Schlangen und Echsen hinüber. Hinterher bleibt noch genug Zeit übrig, um den Affen einige Erdnüsse hinzuwerfen."

"Au fein, das wird lustig." ,freut sich Hajo.

"Höre einmal genau hin du Esel." ,sagt Anton. "Deine ehemaligen Vorfahren rufen nach dir."

Hajo deutet mit seinem Zeigefinger an der Stirn einen Vogel an. Anton ist manchmal ein Knallkopf oder nur blöde, aber kaum so blöde, dass er ohne eine bestimmte Regung seinen Frust bekundet. Mit einer zaghaften Neugierde suchen die kindlichen Blicke nach allerlei Lebensformen, die hinter den Glaswänden der unheimlich wirkenden Tieraquarien am Boden kauern.

Solche exotischen Ungeheuer sind den Knaben fremd. Es sind keine zierlichen Schoßtiere, die sie liebevoll streicheln können. Eher sind dort kleine Monster der Wildnis eingesperrt, die eine Gefahr für alle unkundigen Interessenten bedeuten könnten.

Plötzlich kommt ein angestellter Tierpfleger zu den Aquarien und will eine armdicke Schlange füttern. Mit einem gekonnten Handgriff hat er eine weiße Maus im Schlangengehege ausgesetzt. Als die leckere Beute anvisiert ist, beißt die Giftschlange pfeilschnell zu. Binnen weniger Sekunden wirkt das eingespritzte Gift und lähmt das Opfer. Mit ihren dehnbaren Kiefern hat das gefährliche Tier in einer Minute den haarigen Fleischhappen verschlungen.

Die Gesetze der Natur setzen manche Gruselszenen ins Bild, die oft schwer zu verstehen sind.

Im Gehege nebenan kriechen die gepanzerten Echsen fast graziös umher. Sie liegen überwiegend schlecht sichtbar zwischen dichtem Pflanzenwuchs, der körperähnliche Farbtöne vorweist. Mehr dösend blicken sie auf diese blöden Menschengesichter, die ihre Ruhefase stören wollen.

Genauso empfinden die jungen Schildkröten, die ihr stilles Dasein mit viel Schlaf und gelegentlichen Fresseinlagen einschränken. Dieses Zeitlupentempo der Geschehnisse ist den jungen Hüpfer viel zu langweilig. Sie stehen mehr auf Action. Da sind sie bei den wilden Affen besser dran. Hier ist der Teufel los. Sie kreischen und brüllen und brauchen auf keinen Rücksicht zu nehmen. Alles, was in ihre Reichweite gerät, wird hastig ergriffen. Fast ohne Pause starren die etwa katzengroßen Klammeraffen mit ihren großen Augäpfel auf alle möglichen Gegenstände. Stets sind viele Muskeln gefordert und wagen kaum eine Rast einzulegen.

Sobald etwas Neues hinter die Umzäunung fliegt, stürzen mehrere Affen herbei und versuchen den Nebenbuhler abzudrängen. Kein Tier gönnt dem anderen Mitstreiter einen essbaren Erfolg. Mit ihrer Beißlust und Zanksucht erwecken sie einen gefährlichen Drang nach diesen Machtansprüchen, die je nach ihrer Rangordnung einigen tierischen Wirbel auslösen.

Keines dieser recht vitalen Geschöpfe möchte in der beengten Lage einer plötzlichen Krankheit unterliegen und vorzeitig verenden. Guter Dinge erhalten die beiden Sprösslinge von ihren Eltern etwas Kleingeld für einen Beutel voller knuspriger Erdnüsse. Darauf haben die stets hungrigen Affen gewartet. Voller Ungeduld lauern sie auf die köstliche Sonderation.

Nun sind die Erzieher gefordert. Sie ermahnen ihre Söhne zu großer Vorsicht. Bei einer direkten Annäherung an das Affengehege mit seinen großmaschigen Luftlöcher ist die Gefahr einer plötzlichen Attacke nie zu unterschätzen. Darauf wird sorgfältig hingewiesen. "Geht nicht zu nahe an das Gitter heran." ,sagt Theresa zu ihren Söhnen. "Diese schlauen Tiere ergreifen alles, was ihnen in ihre Klauen gerät. Ob es eure Nasen, Ohren oder die Kopfhaare sind, nichts ist vor den Affen sicher. Also zankt euch nicht wie zwei dumme Esel."

Anton mag es wild. Er drängt nach neuen Taten, will sie erproben.

Mit ihren dünnen Armen können die erregten Klammertiere leicht durch den Zaun an fremde Sachen gelangen. Überaus zutraulich werden die dargebotenen Erdnüsse direkt aus der Tüte entwendet. Anton ist überrascht, wie flink ein besonders vorwitziger Kerl aus dem Käfig heraus seine Brille ertastet und ansichreißt. O weh, nun schaut der jetzt sehbehinderte Trottel erschrocken hinter dem makaberen Vorgang her. Bevor Anton überhaupt richtig begreifen kann, wie es zu dieser Panne kommen konnte, ist das unverhoffte Maleur geschehen. Es ist dumm gelaufen.

Die schockierten Eltern finden diese Dämlichkeit ihres älteren Sohnes kaum witzig. Die gute Laune ist vorläufig dahin. Sie ist von einem ärgerlichen Vorfall geschluckt worden. Er hätte nicht passieren dürfen. Daran ist der kleine Dickkopf schuld, der nicht die Anordnungen der Eltern befolgen wollte. Zur Strafe ist Anton mit bösen Sehstörungen belastet worden.

Auweia, das wurmt mächtig den Geist. Deshalb heißt es sicherlich nicht umsonst: Blödheit kommt und geht!

"Heh du blöder Affe, gib mir meine Brille zurück."

Doch die Affen scheinen es falsch zu deuten. Alle tuen völlig uninteressiert, als hätten sie etwas gegen menschliche Befehle einzuwenden. Oder will das verwirrte Tier nicht verstehen, was dieser blöde Junge zurück haben möchte?

Viel lieber wird diese drahtige Errungenschaft genau untersucht. Wofür mag das geile Brillenglas gutsein, das sich so farbenfroh im Sonnenlicht spiegelt? Alle Artgenossen sind geblendet und möchten den Schatz erbeuten. Schnell wird das Glas mit den Zähnen bearbeitet. Das war wohl nichts. Dieser Kautest ging in die Hose. Als der neugierige Affe seine Beute auf seine Nase setzt, ist er verwundert, dass alles verschwommen aussieht. Nun schaut das Tier genauso blöde auf sein Umfeld wie der dumme Junge hinter der Drahtsperre, der nun blöde aus der Wäsche guckt, weil seine bisherige Schlauheit ihn im Stich gelassen hatte.

Das finden die kreischenden Teufel sehr beeindruckend. Jeder will das glänzende Stück einmal zwischen die Finger bekommen. Doch der Zweitbesitzer grollt. Er möchte sein wertvolles Blechding nicht hergeben und rebelliert.

Da kreischt einer vor dem Zaun, und die Gegenpartei dahinter. Das heizt die verkorkste Stimmung auf. Theresa ist voller Zorn. Sie muss unbedingt ihren Senf dazugeben und sagt wütend:"Hatte ich dir nicht ausdrücklich erklärt, dass du die Nähe des Käfigs meiden solltest?"

"Ja ja, ich habe es verstanden." ,erwidert Anton genervt.

Er weiß, dass er einen Fehler begangen hat. Doch das ist nicht der Weltuntergang. Bruder Hajo blickt schadenfroh herüber und will nun den blöden August hervorkehren.

"Ach du armer Kerl musst nun sehbehindert herumlatschen."

"Dich Ochse sehe ich noch genug. Dazu brauche ich keine Brille."

"Wir können dir leider keine Ersatzbrille herzaubern." ,sagt der Vater, der mitfühlend dreinschaut. Aber Anton will so leicht kaum aufgeben und brüllt zum Affenstall hinüber:"Heh du dämliches Vieh, gib mir die Brille wieder oder ich drehe dir den Hals um."

Doch alle Mühe ist vergebens. Der neue Brillenbesitzer streikt. Er schreit zurück und flitzt wie besessen von seinen Artgenossen verfolgt von einer Zaunecke zur anderen, hin und her.

"Dein großes Spektakel macht auf die Affen keinen Eindruck.",sagt Theresa. "Sie nehmen keine Notiz von dir. Und bis der Wärter hier

auftaucht, ist das Brillengestell bereits in seine Einzelteile zerlegt. Danach nutzt es dir nichts mehr."
"Er hat es so gewollt." ,quatscht Johannes dazwischen. "Nun muss er die Konsequenzen tragen. Daran kann keiner mehr etwas ändern."
So hätte es nicht enden dürfen. So starrsinnig wie Anton anfangs vor dem Drahtkäfig hantierte, so stur bleibt nun der Gegner auf der Gegenseite. Menschen und Tiere können beide trotzig sein. Sie gehorchen oft erst dann, wenn es bereits zu spät ist.
Es ist zum Heulen und Verzweifeln. Jeder blöde Heini oder Trottel ist eine ernstzunehmende Angelegenheit, die nicht leichtfertig unbeachtet bleiben darf. Wer noch nie blöd war, kann diese Minuten der unkontrollierten Sinne kaum begreifen, was hier schief ging.
"Anton ist selbst daran schuld." ,lästert der Bruder. "Nun spielt er wieder den Pausenclown."
"Du kannst froh sein, dass du keine Brille tragen musst." ,sagt Theresa.
"Mit einer Brille im Gesicht würde Hajo noch blöder aussehen."
"Ja Bruderherz. Ich kann dich nur bedauern. Dem Affen steht das gute Stück viel besser, als dir. Winsele um Gnade, und er wird dir die Reste zurückgeben."
"Bitte du ihn darum. Er ist dein Neffe." ,sagt Anton.
"Der Affe hat mir mitgeteilt, er kann dich nicht leiden."
"Ist ja schrecklich. Er kann sich wohl selbst nicht ausstehen."
"Stelle dich in eine Ecke und schäme dich Bruder."
"Du bist nicht mein Zuchtmeister."
"Gebt endlich Ruhe ihr Holzköpfe." ,zischt Theresa herum. "Eure Dämlichkeit kennt keine Grenzen. Ihr müsst stets Unfug machen. Ohne geht es wohl nicht oder?"

Keine Antwort kommt von den Lippen. Oft hilft kein Bitten und Betteln, kein Jodeln oder Trällern. Jede Form einer besseren Verständigung schlägt irgendwie fehl. Keine erflehenden Gebete bringen den erwünschten Erfolg. Verhöhnt und enttäuscht stampfen Mensch und Getier weiter zum Berggipfel hinauf.

Nach einigen schweigenden Minuten der geistigen Besinnung ist die Burgruine in Sichtweite erkennbar. Jetzt haben die geduldigen Wandersleute und Tragtiere eine größere Verschnaufpause verdient. Oben auf dem Berg liegen viele historischen Steine um die Ruine verteilt. Ein weißer Nebel umschleiert den Rest einer ehemaligen Burg. An einigen Felsbrocken geht es steil abwärts. Ein mögliches Abrutschen wäre ein Sprung in den Tod.

Vorerst springen die recht vergnügten Burschen zu einer kleinen Andenkenbude hin, wo es Getränke und einen Imbiss zu kaufen gibt. In einigen schachtelähnlichen Auslagen locken farbenfrohe Artikel, die glitzernd in alle Kinderaugen stechen, welche von dem Plunder magisch angezogen werden.

Nur die Eltern hegen eine gewisse Abneigung gegen das wertlose Zeug und wollen notfalls energisch einschreiten, bevor es zu spät ist. "Für diesen Schnickschnack gebe ich keinen Pfennig aus.", sagt Theresa. "Auf eure erflehenden Blicke falle ich nicht herein. Zuhause landet der Mistkram letztendlich auf dem Müllhaufen. Dafür ist unser schwer verdientes Geld zu schade."

Nebenan stehen einige Tische und Stühle für kleinere Mahlzeiten bereit. Hier hat die vierköpfige Familie ihre ermüdeten Knochen abgelegt. Alle Glieder und Gelenke bedürfen einer Erholungsfase. Eifrig studieren die Gäste das Menü der Bestellkarte und suchen nach einer preiswerten Magenbefriedigung. Für die Kinder werden heiße Würste, eine Limonade und eine Coka Cola bestellt. Der Vater möchte einen Kamillentee und die Mutter einen Magenschonkaffee haben. Schnell ist die Bestellung serviert. Es sieht alles gut aus. Doch beim ersten Probeschluck ist die Überraschung groß. Das kann nicht sein. Die ernüchternde Wahrheit sieht anders aus, als der erste Eindruck es vermittelte.

"Pfui Teufel. Das soll Kaffee sein?" ,schimpft Theresa. "Dieses gefärbte heiße Etwas schmeckt ja scheußlich; Spülwasser wäre das passende Wort."

"Ja so ist es. Da haben sie zu wenig Kaffeepulver genommen.",sagt Johannes. "Meine Teebrühe schmeckt auch nicht besser, eher nach Essigwasser."

Alle lachen. Grinsend blickt die Mutter zu ihren Kindern herüber und fragt:"Schmeckt es euch denn einigermaßen gut?"

"Meinst du die Würstchen oder den Saft?" ,kommt Hajos Gegenfrage angesaust.

"Bei ihm brauchst du kaum zu fragen." ,scherzt Johannes. "So wie er das ganze Zeug herunterschlingt, muss es munden."

"Meine Cola ist ok." ,erklärt Anton. "Nur die Würste sind so dünn und schmecken ein wenig fad."

Hajo kippt einen großen Schluck seiner Limonade in den Rachen und stöhnt. Der Saft bleibt ihm fast im Hals stecken.

"Igittegitt, was für ein scheußlicher Saft es ist." ,sagt er. Das blanke Entsetzen steht ihm ins Gesicht geschrieben. Darüber amysiert sich Anton köstlich und stichelt in der heiklen Situation herum. "Da hat vorhin der Ober hineingepinkelt." ,sagt er.

"Alles Unsinn." ,faucht Theresa dazwischen. "Du wolltest den Saft haben. Etwas anderes gibt es nicht. Schließlich habe ich keinen

Goldesel bei der Hand."

"Warum soll es den Kinder besser gehen als uns?" ,fragt Johannes.
Wir sind alle auf die angebotene Ware hereingefallen. Nun ist
nichts mehr daran zu ändern."

"Du hast recht mein lieber Schatz." ,stimmt Theresa zu. "Das hat
kein Schwein vorher wissen können."

Alle lachen oder zwingen ein kurzes Grinsen hervor. Anton schielt
zu seinem Bruder hinüber und sagt:"An deiner Stelle würde ich
den gelben Saft wieder hervorwürgen, sonst kannst du morgen im
Spiegel einen schlitzäugigen Jungen betrachten."

"Du hast zu lange in der Sonne gesessen. Das ist schlecht für
dein Wachstum. O weh, deine Ohren werden immer länger.",sagt Hajo.
"Du tickst nicht richtig. Lass dein Getriebe auswechseln."

"Da hast du es leichter. Wo kein Gehirn ist, kann kein Vogel dir
hineinscheißen."

Das geht mit den Söhnen zu weit. Lauernd kommen Mutters Hände
aus der Versenkung angeflattert und betätscheln die vorlauten
Münder. Überrascht zucken die Söhne zusammen. Theresa ist böse
und sagt erklärend:"Solche frechen Worte sagt niemand in aller
Offentlichkeit. Wenn ein fremder Gast zuhört, denkt er über uns,
wir hätten keinen Anstand im Leib."

Hajo schupst seinen Bruder an und will sich herausreden.

"Heh du Holzkopf, behalte deine Schweinereien für dich. Keiner
will sie hören."

"Alte Petze. Das nächste Mal bist du fällig."

Was meint da Anton mit seinen rätselhaften Andeutungen? Will er
den Bruder in eine Sackgasse führen?

Fast unbemerkt tritt er den Bruder ans Bein. Dieser revangiert

sich und tritt zurück. Anton hat es anders gemeint und flüstert
seinem Bruder ins Ohr hinein:"Komm´ mit. Wir rennen zur Ruine
hinüber."
"Das ist eine gute Idee. Die dicke Luft hier bekommt mir nicht."
"Und mir erst recht nicht." ,stimmt Anton zu.
"Das wurde mir langsam zu langweilig, immer nur still herumsitzen
und artig sein."
"Da gebe ich dir Recht. Jetzt darfst du für mich den Bernhardiner
spielen, da ich nun behindert bin."
"Das merkt doch keiner." ,sagt Hajo.
"Ich merke es aber, denn schließlich bin ich sehbehindert."
"Dann taste dich Fuß vor Fuß heran, bevor du in einem Verlies
landest."
"Ich sehe hier nur alte Gesteinsbrocken herumliegen."
"Das ist wenigstens etwas, was du erkennen kannst." ,sagt Hajo.
"Ich bin ja nicht ganz so blind, wie es aussehen mag." ,kontert
Anton geschickt. Er hat wie alle normalen Menschen zwei Augen
und nur eins ist sehr sehgeschwächt. Das weiß auch der Bruder
und handelt danach, als er scherzhaft sagt:"Wenn du tief fällst,
so muss es der Kerker gewesen sein."
"Ich sehe ein leicht verschwommenes Guckloch mit Eisenstäbe
davor."
"Dahinter ist ein Raum für kleine Strolche wie du es bist."
"Warst du schon dort drin?" ,fragt Anton.
"Nee."
"Dann ist dort nur die Luft eingesperrt."
"Das ist doch klar du Esel. Gefangene brauchen die Luft zum
Atmen." ,sagt Hajo witzig und grinst verlegen.

"Solche Dicke wie du verbrauchen mehr Luft. Da würde das Gefängnis aus den Fugen platzen."

"Vorsicht Großmaul und tief durchatmen, bevor du in den Abgrund stürzt." ,sagt Hajo bissig.

Anton zuckt zusammen, als hätte er einen Fehltritt erwischt. Doch der Bruder hat wieder übertrieben. Er wollte dem Behinderten nur ein wenig Angst einjagen. Aber Anton tut so, als wäre für ihn alles kein Problem, das erwähnenswert wäre. Er will nur seinen Spaß dabei haben und fragt mit verstellter Stimme:"Ich dachte, ich hätte einen zuverlässigen Führhund neben mir?"

"Das ist immer noch so. Ich führe dich bis zum Abflug."

"Ohne mich blöder Heini. So blind bin ich auch wieder nicht, dass ich mich blindlings an der Nase herumführen lasse."

"Da hast du mir einen Bären aufgebunden." ,sagt Hajo.

"Und promt bist darauf hereingefallen." ,kontert Anton.

"Es ist merkwürdig, niemand hat gebrummt."

"Warte ab, bis eine Hummel vorbeifliegt." ,sagt Anton.

"Das kann lange dauern."

"Du hast doch Zeit bis zum Abwinken."

"Wenn du es sagst."

Vorne kurz vor dem Abgrund lehnen die Knaben an der Steinbrüstung an und schauen hinunter ins tiefe Tal der Rheinebene. Der breite Fluss verläuft sehr kurvenreich. Wo hat der Vater Rhein nur seine Wassernixen versteckt? Ob sie zu viel Wein genossen haben und nun irgendwo unter einem schattigen Baum ausruhen?

O du trinkfreudiger Wassergeist schenke ein die guten Tropfen und lasse die Besucher genießen, damit sie nicht verdrießen! Hier oben bei der Ruine, da summt eine kleine Biene. Ein feines

Liedchen singt ein Vogel. Er hat sein Nest in das dichte Geäst eines Strauches eingearbeitet. An diesen Naturfreuden linst kein Auge vorbei. Plötzlich sagt Hajo zu seinem Bruder:"Siehe dort unten die großen Schlepper vorbeiziehen."
"Du Dummkopf, die Schlepper fahren über die Straßen. Dort unten schwimmen die Schleppkähne über das Wasser."
"Witzbold, ich habe mich nur versprochen." ,redet Hajo sich heraus und guckt verstört in die Nebelwand hinein. Muss denn der Bruder alles auf die Goldwaage legen?
"Von wegen versprochen. Deine Blödheit ist angeboren." ,sagt er.
"Aufschneider, Angeber. Kannst du überhaupt die Kähne sehen?"
"Alles verschwommen. Aber die Umrisse genügen mir."
"Wie schön für dich. Jetzt bist du nur kleiner Troll wie deine Freunde es sind." ,sagt Hajo.
"Aber nur heute." ,wehrt Anton ab.
"Jetzt könnte der Affe mit deinen Augengläser für dich den Seher spielen und dir übermitteln, was er gesehen hat."
"Uber solche Witze kann ich nicht lachen."
"Die Esel fanden es aber sehr komisch." ,sagt Hajo.
"Seit wann sprichst du mit den Tieren?" ,fragt Anton.
"Die Tiere sprechen mit mir." ,erwidert Hajo ausweichend.
"Ist das etwas anderes?"
"Ihre Sprache ist schwieriger zu übersetzen."
"Du wirst immer blöder. Deine alten Kamellen hängen mir zum Hals heraus."
"Mir nicht." ,erklärt Hajo. "Ich liebe die süßen Karamellen."
"Daher kommt so viel Mist aus deinem Mund gekrochen." ,sagt Anton.
Er mag keine Bonbons sehen. Damit kann ihn keiner ködern. Aber

der Bruder kann nicht ohne sie leben. Er ist ein Süßer und liebt alle Süßigkeiten.

"Meine feinen Leckereien gebe ich nicht auf. Du siehst ohne deine Brille auch nur das Nötigste und bist nur ein halber Knabe."

"Ach so. Wo ist denn meine andere Hälfte geblieben?" ,fragt Anton witzig.

"Das habe ich nur bildlich gemeint." ,erwidert Hajo.

"Du und deine sonderbaren Macken."

"Hast du schon deine Pupillen geputzt?" ,fragt Hajo.

"Ich frage mich ernsthaft, wer hier der Sehbehinderte sein soll." Theresa sorgt sich um ihre Söhne und will nachschauen, was sie so lange an der Ruine treiben. Als sie bis zur Horchweite anrückt und die Knaben im Clinch erlebt, da steigt der Zorn in ihr auf, denn dieses blöde Gesabbel geht ihr mehr und mehr auf den Geist.

"Schaut euch lieber diese wunderschöne Aussicht an. Dafür sind wir extra hier hoch gestiegen."

"Und ich dachte, wir sind wegen dieser Burgruine hier." ,flachst Anton. Das hat gesessen. Schon kommt der nächste Anschiss gratis.

"Ihr könnt froh sein, dass niemand euer dummes Geschwätz vorhin am Tisch mitbekommen hat. Dann wären wir blamiert bis aufs Hemd." Stets muss die Mutter aus einer harmlosen Mücke einen Elefanten machen. Hat Theresa vielleicht Angst, dass ein Zacken aus ihrer Krone abbricht? Sind diese Leute aus der Großstadt alle etwas besseres, als die Menschen, die in einem Dorf aufgewachsen sind? Anton kann keine Ruhe geben und blödelt erneut herum.

"Hajo hat vorhin mit den Tieren gesprochen."

"Ich dachte, du als der Ältere hier wärst doch etwas schlauer und würdest diesem Quatsch aus dem Weg gehen."

"Hörst du zu Bruder. Blödheit kommt und geht."

"Ja Anton, von mir zu dir."

"Teile es doch deinen Freunden, den Eseln mit. Sie werden es dir danken."

"Die Esel sagen nur ein IA IA, mehr nicht." ,sagt Hajo.

"Flüstere ihnen etwas schönes in ihre langen Ohren, damit sie wissen, dass du ihr Freund bist."

"Höre nicht auf deinen Bruder. Er will nur, dass dir der Esel einen kräftigen Fußtritt verpasst." ,lenkt Theresa ein.

Was für ein linker Vogel ist Anton bloß. Da muss der Bruder aber höllisch achtgeben, um nicht unter die Hufe zu geraten. Nun ist er ein wenig ermüdet und würde wieder einen Ritt abwärts wagen. Das wäre äußerst bequem. Ob die Eltern da mitspielen werden? Eine Frage kostet ja nichts. Hajo nimmt seinen Mut zusammen und sagt verlegen:"O du liebe Mutter, hole mir einen Esel herbei. Ich bin so kaputt und meine Beine wollen streiken."

Doch Theresa springt nicht auf solche Schmeicheleien an und sagt: "Wozu zwei stinkende Esel herholen, wenn bereits zwei Esel hier stehen?"

"Sehr witzig." ,erwidert Anton. "Es fragt sich nur, wo die Esel stehen?"

"Du freches Bürschchen, wenn du nicht brav bist, kriegen wir uns in die Haare."

"Heh Anton hopp hopp, der Fußmarsch ist angesagt." ,treibt Hajo den Bruder an, der ein langes Gesicht zieht und erneut seine Augen verdreht. "Ich lasse mich lieber tragen." ,sagt er.

"Dann warte hier, bis ein Diener vorbeikommt." ,sagt Theresa.

"Lass uns losgehen." ,meint Johannes. "Die Kinder wissen ja, wo unser Auto steht."

"Auf ein Wiedersehen du Blindschleiche." ,sagt Hajo zu Anton.

"Abwärts geht es schneller voran."

Theresa ist erneut besorgt und mahnt dringend zur Vorsicht.

"Passt nur ja auf ihr Unverbesserlichen. Mit aufgeschlagenen Knien lauft ihr schlechter den Berg hinab."

"Das weiß jeder Esel." ,ruft Hajo zurück.

"Weißt du denn auch, was aufpassen bedeutet?" ,fragt Anton blöde.

"Ich passe stets auf, dass du mir nicht in meine Hacken trittst."

"Oh, wie schlau du bist."

"Ja Anton, gelernt ist gelernt."

"Und wenn ein Fehltritt kommt, dann kannst du die Erdschicht aus der unmittelbaren Nähe studieren." ,sagt Anton spaßig.

"Hier liegen aber keine Bodenschätze herum."

"Vorhin haben die Esel ihre Schätze fallengelassen."

"Führst du wieder diese schweinischen Redensarten?" ,fragt Hajo.

"Wenn das wieder unsere Mutter gehört hätte, dann würde ihr Herz stehenbleiben." ,erwidert Anton.

Zügig geht der lange Rückweg dahin. Überall wachsen dünne, dicke, große und kleine Bäume rund um den Berg herum. Ein dichtes Kleid von zahllosen Baumblättern gehalten, lässt kaum eine graue Wolke durchschauen. Einige kräftige Tierschreie erschallen zwischen den Bäumen hindurch und jagen einen kurzen Schrecken ein. Alle Esel, die den Knaben begegnen, verbreiten ein unangenehmes Aroma, das die gesunde Waldluft einnebelt. Manche Esel laufen ohne eine zusätzliche Last hin und her, weil sie sich fügen müssen.

Sich fügen, das sollen die Kinder auch. Folgsam rennen die Brüder Meter um Meter abwärts. Ihre Eltern kommen kaum hinterher. Einige

Minuten später ist Hajos Beinmuskulatur überbeansprucht und will eine Rast erzwingen. Zusehens knicken die Gelenke ein und machen schlapp. Dort muss viel Pudding in den Knochen stecken, denn sie streiken. O weh, du lahme Ente, wo ist bloß deine Sportlichkeit geblieben?

Anton hat bisher keine Laufprobleme gehabt. Er ist ein listiger Fuchs, der nur den Erschöpften vorspielt und fragt:"Wie weit ist es noch bis zum Parkplatz?"

"Es sind nur noch etwa 150 Meter Wegstrecke bis zum Auto." ,sagt Johannes beruhigend.

"Das ist ja nur noch ein Katzensprung." ,meint Anton. "Das sind für mich zehn Minuten."

"Für mich sind das noch eine Menge stechender Strapazen." ,sagt Hajo und zeigt auf seine einsetzenden Seitenstiche.

"Ich glaube, wenn du erfährst, was zuhause auf dich wartet, sind deine Schmerzen wie weggeblasen." ,sagt Theresa rätselhaft. Hajo hat es vernommen und ahnt etwas köstliches voraus.

"Ist es Kuchen mit Sahne drauf?" ,fragt er.

"Ja so ähnlich." ,antwortet die Mutter. "Hast du meinen Kuchen auf der Kommode bereits gesehen?"

"Nein Mutter."

"Vielleicht hat er ihn schon angeknabbert." ,sagt Johannes.

"Hast du" ,fragt Theresa.

"Ihr traut mir alles zu. Das hätte ich nicht von euch erwartet."

"Tut mir Leid. Es war nicht so gemeint. Dein Vater hat nur an die Zeit gedacht, wo du ein kleiner Nimmersatt gewesen bist. Aber gut essen kannst du immer noch." ,erklärt die Mutter.

"Was gibt es denn zuhause?" ,fragt Hajo.

"Zuhause steht eine leckere Obsttorte herum und wartet auf uns."
"Gut so Mutter. Dann nix wie hin." ,sagt Hajo und ist jetzt genug
ausgeruht. Seine Müdigkeit ist plötzlich verflogen.
"Ich wußte es. Sobald er etwas von Schleckereien hört, ist er
kaum noch zu bremsen." ,hallt des Vaters Stimme hinterher. Die
Mutter nickt zustimmend. Wenige Minuten später ist der Parkplatz
erreicht. Alle atmen auf. Bald ist der Kraftwagen der Marke Opel
startklar. Ein letztes Mal wird die herrliche Waldluft tief in
den Lungen eingeatmet. Jetzt heißt es Abschied nehmen von den
Esel und der schönen Natur. Ade ihr lustigen Gesellen. Ihr habt
uns zum Lachen und Staunen gebracht.
Ein allerletzter Blick schweift in Gedanken über die hohen Bäume
hinweg, bevor die müden Ausflügler wieder in den regen Verkehr
der nun besser befahrenen Straßen eintauchen. Zufrieden im Geiste
und träumend von lieblichen Dingen schaltet Johannes nun das Radio
im Auto ein. Die Eltern möchten die derzeitigen Nachrichten in
Ruhe hören. Eine anschließende swingende Musik verdrängt viele
Erinnerungen der letzten Stunden.
Glücklich treffen die Wanderer im heimischen Hofarial ein. Alle
haben die Rückfahrt heil überstanden. Der Alltag wartet wieder.
Zügig deckt Theresa den Kaffeetisch. Auch die Kinder helfen mit.
Sie wollen schließlich gemeinsam den großen Schmaus miterleben.
Lecker duftet der Obstkuchen und die frisch geschlagene Sahne
dazu. Nun ist für das leibliche Wohl allerbestens gesorgt.
Niemand hört mehr den lieblichen Gesang der zahlreichen Singvögel
und der summenden Insekten. Niemand spürt mehr den wohltuenden
Geruch der erfrischenden Natur. Jetzt steigen die Düfte der fein
hergerichteten Backwaren in die Riechorgane ein.

Schmatzend geht der Tag zur Neige. Als am späten Abend die Nacht hereinbricht, liegen die Kinder bereits tief schlummernd in ihren Betten und träumen von den nächsten Abenteuern. Am anderen Morgen läutet in der Früh bereits die alte Turmuhr über dem ehemaligen Wasserschloss. Ein neuer Tag beginnt. Vorne im Wasserlauf des Bachs schwimmen fette Aale. Jetzt kommen die Freizeitangler zum Zug. Einige von ihnen haben eine Bambusrute und ein Fischnetz mitgebracht, um die dicksten Brocken sicher ans Ufer zu ziehen. Mit einem zappeligen Wurm am eisernen Angelhaken befestigt, sind die fressgierigen Wassertiere schnell angelockt und können selten widerstehen.

Auch ein älterer Herr mit seinem treuen Jagdhund hockt an einer ruhigen Stelle im Gras und wartet auf das große Anglerglück. Er kennt die vielen Zeitpunkte der lauernden Herausforderung, die wenige Augenblicke oder mehrere Stunden andauern können, bis ein hungriges Tier der Versuchung nicht widerstehen kann und nach dem leckeren Köder schnappt. Dann genügt ein kleiner Ruck, und die Beute ist im Angelhaken gefangen. Keine aufbäumenden Künste der Zappeleinlagen bringen die alte Freiheit zurück.

Den erfolgreichen Angler ist der neue Fang ein Lächeln wert. Nur der Fisch ist traurig, weil er dem Angler auf den Leim gegangen ist. Bald liegt er von den Innereien befreit in einer öligen Brühe und schmort gelassen dahin. Dabei läuft dem Feinschmecker rasch die Spucke im Mund zusammen. Das gibt einen saftigen Leckerbissen. Eine Mitleidstour für den verendeten Fisch ist hier eine reine Zeitverschwendung. Tiere töten ist die Freizeitbeschäftigung einer aufmüpfigen Gesellschaftsform, denen nur das eigene Leben etwas wert ist.

Noch grausamer sind die teuflichen Angler, die mit ihren gezielten Stromstößen die Wassertiere lähmen. Sie leiten über ein Kabel, das zur Bachmitte hin an einer steckenden Mistgabel präpariert ist, eine Schocktherapie. Sie raubt den heranschwimmenden Fischen die Sinne und lässt ihre Atmung verstummen. Es ist gesetzlich verboten und mit gesalzenen Strafen behaftet, doch das zuständige Ordnungsamt ist weit entfernt. Bis hier ein Hüter der Polizei anrückt, sind die Schurken über alle Berge geflohen.

Da müsste schon der Verrat im Spiel sein, mit dessen Stimme eine Anklage zustandekäme. Ansonsten bleibt alles wie gehabt, und das üble Laster bringt den neuen Tod in die Bäche hinein.

Ein ortsbekannter Verräter wäre ein schwarzer Fleck in einer engen Dorfgemeinschaft, wo ein Jeder jeden kennt. Da wäre der besondere Tierfreund ein gebrandmarkter Außenseiter, auf den alle mit ihren Fingern zeigen würden, nur weil er gesetzestreu sein wollte. Also wird lieber geschwiegen, und die elendigen Tiermörder bleiben auf freiem Fuß.

Hier traut kein Mensch einem fremden Gesicht über den Weg, zumal es sich nur um Kinder handelt. Sobald sie in fremde Jagdgebiete eindringen, ist eine ermahnende Stimme zu hören, die sagt:"Haut bloß hier ab, sonst leistet ihr den erbeuteten Tieren eine nette Gesellschaft."

Diese ernstzunehmenden Drohungen sind keine Missverständnisse. Sie fahren den Kindern in Mark und Bein, und sie wetzen wie scheue Wesen davon. Daher ist stets ein weiser Rat zu befolgen: Mit einem Pflaster auf dem Mund bleibt man gesund! Wer Scheuklappen hat vor den Augen, der kann nicht viel taugen! *

Seerosen und Silbertannen

Im Randbezirk der Gemeinde Oberpleis liegt ein verträumter Teich.
Er ist teilweise mit prächtigen Seerosen bedeckt. Sie gedeihen
unter dem Schutzschild einer verzauberten Naturmacht und locken
zahllose Insekten an.
Zwischen dieser stillen Oase und einem gegenüberliegenden Waldhain
tuckelt eine historische Bimmelbahn und bläst ihren dampfenden
Rauch über die maschendrahtartige Umzäunung hinweg. Das scheint
den entzückenden Seepflanzen kaum etwas anzuhaben. Ihre mehr als
einen Meter langen Rosenstengel stehen bis zu den Blütenkränzen
ständig unter Wasser.
Jedes Kind, das neben den Bahngleisen am Zaun der Privatparzelle
entlangstreift, ist von dem schönen Naturfleck fasziniert.
Der ansässige Grundbesitzer hat sein Wohnhaus nur zirka 80 Meter
entfernt in Sichtkontakt gebaut. Der Wachhund ist ein unerfahrener
junger Köter, der am Tag über das große Anwesen streift und alle
fremden Geschöpfe wie lästige Parasiten behandelt.
Jedes unbekannte Rascheln erzeugt ein unheimliches Geräusch, das
den vierbeinigen Wächter des Privatgrundstücks aufhorchen lässt.
Einige Sekunden später flitzt das kleine Monster zu der Stelle
hin, wo es einen möglichen Feind vermutet hat und beschnuppert
sorgfältig die neue Sachlage. Dabei wird probeweise das scharfe
Gebiss vorgezeigt, um einen vorhandenen Gegner ein wenig Furcht
einzuflößen.
Nur aus der Ferne zu den Seerosen hinüberschielen, das ist den
neugierigen Burschen zu langweilig. Sie möchten alles aus der

Nähe betrachten. Sie wollen der Wirklichkeit auf den Zahn fühlen und der angeblichen Blumenpracht auf den Pelz rücken.

Doch auf welche Weise halten die Eindringlinge das umherstreunende Mistvieh auf eine ungefährliche Distanz, um nicht in einen bösen Konflikt zu geraten, der Leib und Seele verletzen könnte.

Eine blendende Idee muss alle auftretenden Probleme beseitigen und den jungen Schäferhund überlisten. Irgendetwas soll ihn lange genug im Zaume halten, bis die mutigen Besucher wieder unbeschadet abgezogen sind.

Die Hälfte des riesigen Anwesens ist mit zahllosen Jungtannen bewachsen, die zwei bis vier Meter Stammhöhe vorweisen.

Einige Tannennadeln leuchten silber bis blaugrün im Glanz einiger Sonnenstrahlen. Sie erinnern an die fröhlichen Tage der großen Feststimmung, wo solche prächtigen Tannenzweige zur Ausschmückung sehr beliebt sind, da sie eine längere Lebensdauer vorweisen.

Unmittelbar neben der ersten Baumreihe ist ein mannshoher Zaun im Erdboden fest verankert. Durch diesen eisernen Drahtverhau kommt kein Tier, das größer als eine Ratte ist.

Im oberen Bereich über dem normalen Zaunende versperren parallel verlaufend zwei Stacheldrahtstränge ein leichtes Eindringen in die ruhige Privatsphäre. Nur der treue Vierbeiner, der wachsam die unerwünschten Zaungäste mit ihren neidisch starrenden Augen fernhält, ist willkommen.

Zwischen hohen Fichten sind helle und dunkle Flächen eines Hauses zu erkennen. Es ist um zwei Ecken mit einem verwilderten Gestrüpp umwuchert. Nur der links daneben befindliche Hundezwinger ist gut einzusehen, wo der überwiegend kläffende Wachhund seine liebe Nachtruhe verbringt.

Sobald der Wind ungünstig zum Wohnhaus hinüberbläst, nimmt der junge Wächter die Witterung auf und versetzt alle Lebensformen, die im Sog des Windes ihren Standplatz haben, in helle Aufregung. Dann ist das selige Gleichgewicht der stillen Naturzone gefordert. Grundlos nehmen verängstigte Lebewesen reißaus und hetzen verstört wie gruselige Gestalten durch die angrenzende Baumschonung. Das bewirkt eine schauderhafte Vorstellung, wo gespensterhafte Körper das kindliche Gemüt stark unter Druck setzen.

Hinter jedem Baum und Strauch könnte der Feind stecken und eine teilweise gequälte Uberwindung der hohen Drahtsperre verhindern. Doch nicht jede Furchteinflößung hat Erfolg. Es gibt auch harte Kerle, die den störrischen Esel mimen und ihr geplantes Vorhaben in die Tat umsetzen wollen.

Am frühen Nachmittag rennt eine kleine Schar fröhlicher Knaben am örtlichen Sportgelände vorbei und steuert auf das Gebiet der Silbertannen zu.

Es sind der stämmige Peter, der langhaarige Michael, der lachende Vagabund Willfred, der stets angeberische Anton und sein meist ängstlicher Bruder Hajo.

Alle Anwesenden verbindet eine lockere Freundschaft, die hin und wieder von kleinen Blessuren heimgesucht wird. Die Freunde wollen in die verbotene Welt eindringen und die Geheimnisse vom Teich der Naturwunder ergründen. Da ist das Reich der bunten Seerosen fast in greifbarer Nähe und doch so weit entfernt. Wären da nur nicht diese teuflichen Hürden zu bewältigen, dann könnte es ein vergnüglicher Spaziergang werden, der nicht den Knabenverstand in zweifelhafte Zustände versetzen würde.

Ohne Zwischenfälle ist der beginnende Grad der recht trügerischen

Versuchung erreicht. Binnen weniger Minuten brüten die kindlichen Gehirnzellen an einer brauchbaren Lösung, wie der anstehende Start ins Ungewisse beginnen könnte. Sie, die jungen Hüpfer, müssen nur ohne großes Aufsehen den störenden Rebellen des Grundstücks in irgendeiner Weise austricksen.

Gut durchdacht ist ein gewagter Plan in den Mittelpunkt gerückt. Mit einer gewissen Zurückhaltung haben die scheuen Mitstreiter die vorgetragene Botschaft zur Kenntnis genommen. Ob es gelingt, hängt von der bereitwilligen Beteiligung ab. Keiner darf nun von möglichen Gewissensbissen geplagt das brisante Unternehmen in eine gefährliche Situation bringen.

Nur mit welchen Mitteln können die Freunde einen wachsamen Köter bezirzen und ihn mit List und Tücke auf´s Glatteis führen?

Sie müssen den zähnefletschenden Unhold in eine Falle locken und ihn dort nach Lust und Laune verarschen, bis er laut winselnd davontippelt und das Weite sucht. Danach wäre der Weg für eine unbeschwerte Schnüffelaktion frei, bei der ein Versagen den Kreis der Freunde sprengen könnte.

Wie recht trübe Tassen stehen sie vor der Drahtbarriere und sehen den vitalen Wächter hinter der seitlichen Zaunecke ins Blickfeld wetzen. Er hat das Menschenfleisch gerochen und bellt entsetzlich laut seine Gegner an. Ihnen ist der gesammelte Mut vorerst in die Hosen gerutscht. Die jungen Recken haben einen kurzen Stoß in ihr Getriebe erhalten und wissen nun, was sie erwartet, wenn sie in die scharfen Klauen des Fleischfressers geraten.

Jetzt stehen sie Auge um Auge dem Feind gegenüber, der ihnen ein wenig Respekt eingeflößt hat. Er ist gefährlicher, als sie erahnt haben. Er würde die Eindringlinge ohne mit der Wimper zu zucken zu feinem Frikassee verarbeiten und als Festschmaus verspeisen. Nur nicht voreilig aufgeben, weil ein vorlauter Köter seinen Frust abgelassen hat. Heute ist kein guter Tag, um die Feigheit vor aller Augen zu demonstrieren. Jetzt ist der große Kampfeswillen der aufgewühlten "Hornochsen" angesagt. Männer spitzt eure Lanzen, und der Sieg ist euer!

Nun haben die sichtlich eregten Abenteurer begriffen, was zu tun ist und blasen zum Angriff.

"Wir müssen den blöden Köter in eine Zaunecke locken, wo er aus diesem Sichtfeld verschwunden ist." ,sagt Michael und erwartet das Echo. Es kommt vom anfragenden Anton herübergedröhnt.

"Wer soll denn den Lockvogel spielen?"

"Am Besten ist unser Peter der Ziegenhirte dafür geeignet." ,ist Willfreds Stimme aus dem Hintergrund zu hören.

"Oder sollen wir die widerspenstige "Brillenschlange" dafür zur Wahl stellen, wo sie stets den großen Helden spielen will. Er ist ja schließlich der uneingeschränkte Angeber der Nation."

"Deine Sprüche waren schon einmal besser Hajo." ,sagt der Bruder.

"Eure bisherigen Ideen sind nichts weiter als Müll, alles nur kindliche Flausen. Dieses zähe Biest muss mindestens für eine Stunde außer Gefecht gesetzt werden."

Anton ist voller Eigensinn. Er will unbedingt verhindern, dass sein selbst gezauberter Königsthron nicht ins Wanken gerät. Das wäre zu bitter für ihn. Dann wäre er nicht mehr der geliebte Pol des Volkes, der über seine Untertanen den Zauberstock schwingt.

"Jagen wir den Bellarsch hin und her, bis er ermüdet die Schnauze voll hat, uns ständig nachzuwetzen." ,ruft der Peter herüber und grinst wie ein Honigkuchenpferd, das die Welt gerettet hat.

"Da hast du wirklich einen guten Einfall gehabt." ,sagt der recht staunende Michael. "Das hätte dir hier keiner zugetraut."
"Macht doch nicht den Ziegenpeter verlegen." ,sagt Willfred und lacht entzückt.
"Übertreibt es nicht." ,kontert Anton. "Ein Held wird kaum von heute auf morgen erkoren. Sein persönliches Heldentum muss sich jeder verdienen."
Welch muntere Worte eines überheblichen Kotzbrockens. Sie sind hier fehl am Platz. Hier ist nur die Gemeinschaftsarbeit wichtig.
In kurzen Abständen von etwa 20 Meter Distanz wollen die Knaben jetzt Peters Vorschlag ausprobieren und beginnen mit verzerrten Hundelauten den Feind zu verwirren. Dabei furchteln die Freunde flügelschwingend mit ihren Armen auf und ab, als würden heulende Papageien ein Sonderkonzert geben.
Anton ist es zu blöde. Er fühlt sich verschaukelt und ruft zu den übrigen Spaßvögel herüber:"Ihr dämlichen Esel müsst den Köter anlocken und mürbe machen."
Stets hat dieser Miesepeter an den Mitstreitern etwas auszusetzen. Er genießt es, mit ihnen Katz´ und Maus zu spielen. Das stärkt sein Image.
Nun ruft Michael nach der gehetzten Töle:"Mein liebes Hundchen, wo bist du denn?"
"Willst du mit dem Hund auf einen Ball gehen?" ,fragt Peter. "Oder was soll diese komische Liebeserklärung bedeuten?"
"Du Neidhammel willst mir nur keine Beziehung zu einem netten Tierchen gönnen." ,erwidert Michael. Er lacht und streckt seine Zunge heraus. Ach wie lustig ist so ein Viehtreiben.
"Heh ihr Suppenkasper, seit ihr zu dusselig, den Hund von einem

Ende zum anderen zu scheuchen?" ,fährt Anton fragend dazwischen.
Nach dieser angeberischen Einlage bricht großes Gelächter aus.
Nur der bellende Hund lacht nicht mit. Er ist immer noch so giftig
und springt wütend hinter dem Zaun hin und her. Plötzlich schießt
Hajo ein heftiger Schrecken ins Kreuz. Er hat ein unheimliches
Geräusch vernommen und schaut beängstigend aus.
"Hier drüben hat etwas geknistert." ,sagt Hajo bedrückt.
"Du Pflaume, was da knistert, das sind deine morschen Knochen."
Ja der Bruder; er hat gutreden, und der andere zittert am ganzen
Leib. Das ergötzt die Freunde und sie ziehen den schwachen Buben
durch den Kakao.
"Seht nur hin, wie der Hund sich freut." ,sagt Willfred."Er hat
die Angsthasen zum Fressen gern."
Langsam wird der große Anführer unruhig. Es geht ihm alles viel
zu langsam voran. Er will noch vor dem Abendbrot seine neue Welt
erforschen und schreitet nervös zum Peter hinüber.
"Du brauchst nur wie ein geiler Ziegenbock zu meckern. Dann nimmt
dieser Allesfresser die Geißenwitterung auf und folgt dir auf
Schritt und Tritt dort hin, wo wir ihn hinhaben wollen."
Wieder erklingt ein schallendes Gelächter. Mutig ist der junge
Ziegenhirte dicht an den Drahtzaun gerückt und schreit los:"Mäh
määh määäh."
"Steige hoch auf den Zaun, damit das hungrige Biest dich besser
beschnuppern kann, sonst verwechselt es dich mit einem dummen
Schaf." ,scherzt Willfred.
"Einen stinkenden Ziegenbock riecht der Köter noch 200 Meter weit
entfernt." ,sagt Anton kess. Alle grölen und sind lustig. So eine
komische Vorstellung hat der verwirrte Hund bestimmt noch nie

miterlebt. Plötzlich ist er verschwunden. Wo ist er hingewetzt? Ruht er sich etwa aus und will die verdutzten "Pfeifenheinis" an der Nase herumführen? Kleine Überraschungen lieben die Freunde ja so sehr.

Von der Baumschonung her weht ein flaues Lüftchen herüber. Wieder bekommt Hajo das heftige Flattern. Er sieht geisterhaft einen unscharfen Schatten wie eine Fantasiegestalt zwischen den jungen Silbertannen herumschleichen. Ob dort die Scheintoten eine Party feiern und ihren verrückten Schabernack treiben?

Voller Erwartung starren Hajos stierende Kinderaugen auf eine sehr rätselhafte Erscheinung, die vermutlich unerkannt bleiben möchte. Das macht den scheuen Knaben noch ängstlicher, und er ruft schockiert in die Schonung hinein:"Komm´ her du Satan der Finsternis und lass´ mich deine blöde Fresse sehen."

Kein Wesen fühlt sich angesprochen. Kein Ungeheuer stürzt hervor. Die erwartete Konfrontation mit einem vermeintlichen Bösewicht ist wie eine aufgepustete Seifenblase geplatzt. Dafür schießt jetzt der zähnefletschende Wächter erneut auf die verblüfften Zaungäste zu. Er will nun weiterhin die aufgepeitschten Seelen erschrecken und ihnen mächtig die eingebrockte Suppe versalzen. Mehr zittrig als zuvor springt Hajo drei Schritte rückwärts. Seine Weggefährten kugeln sich vor Lachsalven.

Trickreich versucht Michael das störrische Biest aus nächster Nähe zu beschimpfen. Anton hat es miterlebt und ruft herüber:"Heh du blöder Köter, bei dieser mageren Latte beißt du dir die Zähne aus. Komm´ zu mir, damit ich auf deine hässliche Fratze spucken kann."

Das hat der Schäferhund vernommen und stürzt mit riesigen Sätzen

herbei. Kaum ist er zur Stelle, da beschimpft ihn der nächste
Knabe. "Du taube Nuss, hier ist ein leckeres Opferlamm."
"Määh määäh määäh." ,ruft Peter.
"Wo ist denn mein liebes Hundchen?"
"Aber Hajo, so wird das nichts." ,meint Willfred. "Steige hinauf.
Der kläffende Knallkopf will dir ein Küsschen geben."
"Mache dir dabei aber nicht in die Hose, sonst kriegt der Hund
die Schweinepest." ,quasselt Anton.
Kaum hat Hajo die Hälfte des Zaunes erklommen, da springt die
Bestie pfeilschnell herbei und verpasst dem Späher einen Schock,
dass er beinahe rückwärts den Erdboden knutscht. Auf dieses heiße
Erlebnis haben die Freunde gewartet. Sie amysieren sich köstlich.
So etwas hält sie bei guter Laune, was eine vorzeitige Aufgabe
des Vorhabens verhindert.
"Du bist vielleicht ein lustiger Vogel." ,ruft Anton herüber."Beim
geringsten Widerstand nimmst du reißaus. Lass dich einmotten und
präparieren, damit du für die Nachwelt als abschreckendes Beispiel
dienen kannst."
Erneut horcht der Köter auf und verdreht dabei seine Ohren. Spaßig
schneidet Willfred ihm allerlei Fratzen und ruft:"Willst du mich
fressen oder mit mir tanzen?"
Doch der Feind antwortet nicht. Er gibt nur einige kläffende Töne
zum Besten. Waghalsig steigt jetzt der angeberische Anton zur
Stacheldrahtspitze empor und rüttelt heftig an einer Silbertanne
herum, um das gehetzte Tier mehr zu verunsichern. Als es anrückt,
bekommt Anton das große Zittern. Sein sonst so unwiderstehlicher
Charme ist von einer Sekunde zur anderen verflogen. Mit wackeligen
Beinen steigt Anton auf den Boden der Tatsachen zurück und schreit

seinen gewaltigen Frust heraus:"Du elendiger Versager, halt dein
Maul. Hau´ endlich ab und heule deinem Herrchen etwas vor."
"Seht euch den König der Löwen an." ,sagt Bruder Hajo. "Sieht
so ein mutiger Draufgänger aus?"
"Halt die Klappe, du schielender Pavian." ,erwidert Anton. "Ohne
uns würdest du keinen einzigen Fuß auf das Grundstück wagen."
Der Boss hat gesprochen. Freund Peter hat neue Einfälle. Sein
Herz drängt nach guten Taten.
"Du süßer Katzenschreck, lass´ diese schielende Gurke in Ruhe.
Er beißt dich gleich. Komme zum netten Geißlein."
Doch der Hund will nicht mehr hinspringen und herhüpfen. Er hat
genug gelitten und will nicht länger den vierbeinigen Trottel,
den Hanswurst dieser jungen Idioten vorführen und lässt die Ohren
schlapp herabhängen. Ausgepauert läuft der Wachhund davon. Der
Kampf um ein Stück Abenteuer ist bisher ohne Schrammen verlaufen.
Jetzt ist das Tor zur Oase der Farbenpracht weitoffen.
Behutsam steigen die glücklichen Zaungäste über das stachelige
Hindernis und schleichen im Schatten der Fichtenbäume zum nahen
Teich hinüber. Nur Hajo ist überaus misstrauisch. Er möchte hinter
den Freunden herlaufen und wagt nur zeitlupenmäßig seine Schritte
zu lenken.
Unterdessen ist der Schäferhund zu seinem Zwinger gerannt und
legt eine verdiente Rast ein. Hajo kommt als letzter Pirat drüben
am Wassertümpel an. Es ist auffällig ruhig. Kaum eine Windböe
weht. Keine schwarze Krähe lauert im Geäst; keine Schnecke kriecht
über die Uferzone und kein blöder "Ochse" jammert den Freunden
die Ohren voll.
Mitten im fast klaren Gewässer zeigen die großblättrigen Pflanzen

ihre schönste Blütenpracht vor. Hier ist das Berühren und Abreißen
verboten, denn diese seltenen Gewächse stehen unter Naturschutz.
Nur die neugierigen Eindringlinge wissen es nicht oder wollen
nichts davon hören. Sie machen ihre eigenen Gesetze, auch wenn
sie hinterher einsehen müssen, dass ihre Starrköpfigkeit diesen
ganzen Aufwand kaum wert gewesen ist.
Jetzt sind die Knaben am Ziel ihrer Wünsche und ziehen ihren Plan
durch. Doch wie angeln sie eine derart große Rose aus dem Wasser,
wo diese Pflanze drei bis vier Meter vom Teichrand entfernt ist?
Sie, die schwerfälligen Fleischbrocken, sind keine schwebenden
Wasserflöhe und können nicht über das Wasser rennen.
Wie es bereits bekannt ist, gibt nun der selbst erwählte Chef
den weiteren Ton an. Vorsichtshalber wird geflüstert, um keine
neuen Überraschungen zu erleben.
"Ich brauche einen langen Ast, um das Grünzeug an Land ziehen
zu können." ,sagt Anton. "Seid aber leise und weckt die Bestie
nicht auf. Ich will sie nicht an meiner Gurgel spüren."
Grinsend haben es die Untertanen verstanden und gehen sanft wie
eine Katze in gebückter Haltung über die Grasebene und halten
da und hier Ausschau nach einem passenden Stock, der dem Boss
weiterhelfen könnte.
"Hier liegt ein langer Zweig." ,flüstert Willfred.
"Der könnte ausreichen." ,fügt Michael hinzu.
Als Anton das Fundstück beäugelt, schießen ihm geringe Zweifel
durch den Kopf. Ohne weitere Verzögerung liegt Anton bäuchlings
im Dreck und versucht wie ein passionierter Angelkünstler die
vordere Blüte zu erwischen.
Es ist schwieriger als erwartet. Nur wenige Zentimeter fehlen.

Damit Anton bei seiner gefährlichen Aktion nicht kopfüber in das Teichwasser plumpst und dabei jämmerlich ersäuft, halten ihn zwei Freunde an den Beinen fest im Griff.

Auf diese Weise kann der Knabenkörper bei einer möglichen Gefahr ohne eine Verzögerung zurückgezogen werden.

Schwer ist der krumme Ast auf die Seerose zu fixieren. Das massive Eigengewicht der hölzernen Armverlängerung setzt die Anstrengung der Muskulatur stark unter Druck. Mehrere gezielte Schnappversuche sind erfolglos. Voller Ereiferung kämpft der hantierende Angler mit den störrischen Launen der Natur. Er kämpft mit der drückenden Verzweiflung und hat schließlich beim fünften Anlauf einen Teil des ersten Erfolges erwischt. Jetzt hat die widerspenstige Pflanze den Zweikampf verloren.

Gegen diese schneidige Übermacht eines zähen Gegners konnte unter der Wasseroberfläche der heftig bedrängte Pflanzenstängel nichts entgegenbringen.

Wie an einer Leine gezogen schwimmt die erbeutete Blume zum Ufer hinüber. Der Ast hat seine Schuldigkeit getan und wird zur Seite befördert. Die aus der Ferne so prächtig ausschauende Seerose verliert nun am Teichufer ihren herrlichen Glanz. Die erhoffte Schönheit ist verflogen. Ohne die immer während Feuchtigkeit fällt das verlockende Naturwunder wie ein einstürzendes Kartenhaus zusammen. Alle Mühe war vergebens.

Blitzartig ist das anfangs überschäumende Interesse abgeklungen. Schwer liegt allen Beteiligten die bittere Enttäuschung auf der Seele. In den verzerrten Gesichter ist die Dämlichkeit erkennbar. "Was für eine elende Pleite hat uns heimgesucht?" ‚meckert Anton. "Das grüne Gemüse könnt ihr für die Kaninchen mitnehmen." ‚sagt

Willfred und grinst vergnügt vor Schadenfreude.

"Diese blöden Kanickel sind wir selbst ." sagt Anton reuevoll.

Er hat eingesehen, dass dieses Vorhaben von Beginn an unter einem schlechten Stern stand und daher keinen Erfolg einbrachte. Aber viel Spaß hat es trotzdem gemacht.

Es ist immer gut, für neue Extratouren bereits gewisse Erfahrungen gesammelt zu haben, um einen schlichten Lebenswandel aufzumuntern.

"Hätte ich bloß einen Fotoapparat zur Hand gehabt." ,sagt Hajo.

"Dieses tolle Format, wo Anton abgekämpft über dem Wasser mit den Tücken der Natur kämpfte, das wäre ein tolles Bild für die Tageszeitung gewesen."

"Ich glaube, jetzt ist dein Bruder übergeschnappt." ,sagt Michael.

"Da höre ich kaum noch hin, sonst wären meine Ohren überfordert.", sagt Anton. Kaum hat er zu Ende gesprochen, da rennen die Knaben zum Zaun zurück.

Hajo ist zwei Minuten früher losgezischt, denn die Angsthasen hoppeln stets als Erste davon.

Bevor erneut die stachelige Hürde überwunden wird, müssen für die erlittene Schmach einige Tannenzweige als Ausgleich herhalten. Sie passen prima in Mutters Blumenvase hinein. Das besänftigt die Erzieher mit ihren täglichen Sorgen und lenkt die zusätzliche Arbeit, welche die Kinder verursachen, in freundlichere Bahnen. Rasch sind die besten Tannenzweige abgeknickt. Kein Hundelaut dringt herüber. Noch können die Eindringlinge ungehindert ihre kleinen Geschenke auswählen. Für jeden gekränkten Buben sind drei bis vier Tannenzweige genug Entschädigung für eine verlorene Schlacht, die vor dem Zaun ihr Ende findet. Doch plötzlich knacken im Hintergrund dürre Zweige. Ein Schock fährt ein in die mutigen

Recken. Fordert nun der Waldgeist die abgerissenen Zweige zurück? Pocht jetzt der Landbesitzer auf sein Recht als geschädigter Herr und Freund der Natur? Ist vielleicht eine Zwangsabgabe für diesen Missbrauch des Naturschutzbundes fällig?

Teils verängstigt und verwirrt blicken die Störenfriede umsich. Wer will ihnen an den Kragen und ihnen eine Lektion in Anstand und Manieren erteilen?

Am Besten nichts wie weg, bevor der schleimige Köter zubeißen kann. Uberhastet bricht die Panik aus. Hastig werden die Zweige über das Hindernis geschleudert. Zu hastig wird der Stacheldraht überwunden. Es kracht und schmerzt und Blut spritzt.

"Auweia, was für ein Mist." ,schreien die Tölpel auf. Unvorsichtig sind diese fünf "Trampeltiere" hängengeblieben. Ihre gequälten Gesichtszüge zeigen eine verkrampfte Körperhaltung vor. Die Angst vor dem zubeißenden Ungeheuer war größer, als die mutige Flucht es andeutete.

Jetzt hat der spitze Stacheldraht den geduldigen Zaungästen eine bleibende Erinnerung aufgedrückt. Es ist ein blutiges Autogramm, das ein wenig Schmerz und Leidenschaft wiederspiegelt.

Am Hinterteil flattern einige Hosenfetzen im Wind. Blutverschmiert prangern die Hautkratzer die kleinen Verletzungen an. Es sind die unübersehbaren Merkmale für den akuten Ungehorsam, die solche Exkursionen einbringen.

Im letzten Moment konnten alle Gesetzlose entkommen, bevor dieser beißwütige Wächter sein kräftiges Gebiss erproben konnte. Fast um Haaresbreite hätte der herbeistürmende Vierbeiner vor Freude gelacht und sein anvisiertes Opfer geheult.

Es ist gottlob glimpflig ausgegangen. Mensch und Getier sind mit dem Schrecken davongekommen.

Sorgfältig werden die geklauten Tannenzweige bündelweise mit auf den Heimweg genommen. Ob sich die Eltern zuhause über die nadelige Überraschung freuen? Sind die blutigen Wundmale eine ausreichende Strafe für die zerrissene Kleidung oder muss der gemeine Klopftest wieder nachhelfen?

Die Freunde nehmen es mit gespieltem Humor zur Kenntnis.

"Ich habe gehört, herunterhängende Stofffetzen sollen der letzte Schrei sein." ,sagt Michael witzig.

Anton hat eine andere Meinung darüber und sagt lachend:"Der letzte Schrei kommt bei uns im Hühnerstall zum Ausdruck, wenn unser Vater vom Wahnsinn befallen wird."

"Hetzt er dann hinter den Tieren her?" ,fragt Peter.

"Unser Alter jagt dort hinter uns Burschen her und will uns ein wenig verbleuen." ,erwidert Hajo. Er spürt dabei ein teufliches Lachen im Geiste, als hätte der väterliche Satan mitgehört.

"Mein Vater ist genauso besessen." ,sagt der strahlende Willfred.

"Lasst uns an etwas anderes denken." ,meint Michael. "Unsere Hiebe bekommen wir noch früh genug."

Drüben hinter dem Fußballplatz gehen die Freunde getrennte Wege. Jeder Knabe geht seinem eigenen Schicksal entgegen. Vorsichtig und bedacht schleichen die Brüder Anton und Hajo über den engen Hasenweg am Ufer des Lauterbachs entlang, um für alle Fälle eine passende Ausrede parat zu haben. Sie könnten möglicherweise über einen feuchten Graspflock gestolpert sein und wären dabei durch einen vorstehenden Ast eines Strauches verletzt worden. Dann wäre der Stacheldraht als Übeltäter in einem Hintertürchen gelandet. So verbleiben für ein Vergehen zwei Versionen zur Verfügung. Das gestaltet die Sachlage etwas freundlicher.

Wird es die Mutter glauben oder fällt sie kaum so einfach auf die Ammenmärchen herein?

Vorne im Küchentrakt eingetroffen, saust die Mutter herbei. Sie hat die Söhne bereits vom Stubenfenster aus beobachtet, als sie über die Straße vor dem Elternhaus zügig in den Hof rannten. Nun ist der große Augenblick der verdeckten Tatsachen erreicht.

"Hat der Hunger euch nach Hause getrieben?" ,fragt Theresa.

"Iwo Mutter. Wir wollten dich mit schönen Tannenzweigen beglücken. Sind sie nicht herrlich?" ,fragt Hajo.

"Ja schon. Doch wo habt ihr sie hergenommen?"

"Drüben vom Waldrand." ,erwidert Anton.

"Am Wald habe ich und euer Vater noch keine gesehen."

"Ok, sie stehen drüben hinter dem Fußballplatz." ,klärt Hajo auf.

"Dort habt ihr sie gestohlen."

"Wir stehlen nicht."

"Die Zweige fallen nicht vom Himmel herunter." ,sagt Theresa.

"Es war nur Mundraub." ,weicht Hajo aus.

"Also doch gestohlen?"

"Nicht gestohlen; nur entwendet." ,antwortet Anton kess.

"Wo ist denn da der Unterschied?" ,fragt Theresa.

"Die Zweige hingen seitlich über einen Zaun hinweg, und alles, was sich außerhalb des Grundstücks befindet, ist für Jedermann zugänglich." ,erzählt Anton, als wäre er das Gesetz.

Etwas merkwürdig dreht Hajo seinen Körper hin und her, als hätte er irgendetwas zu verbergen. Der Mutter entgeht nichts. Ihre recht feurigen Katzenaugen sehen alles. Nicht der kleinste Dreckfleck ist vor ihr zu verbergen.

Unverzüglich blickt Theresa von oben bis unten auf die Strolche herab. Jedes Körperteil wird genau untersucht.

"Ich wusste bereits, nachdem ihr angeschlichen kamt, dass ihr etwas zu verbergen hattet."

"Aber Mutter, unsere Hände sind doch leer." ,kontert Anton.

"Und was ist das hinten an euer Hose?"

"Eine unbedeutende Schramme."

"Ich sehe da zwei zerrissene Hosen." ,sagt Theresa.

"Die kratzen mich nicht." ,meint Anton.

"Darauf bist du auch noch stolz?" ,fragt die Mutter.

"Was ist schon so ein kleiner Riss in der Hose?"

"Von wegen nur ein kleiner Riss, geschweige denn das viele Blut.", zischt Theresa los. Doch die Söhne stellen sich dumm.

"Wo ist das Blut, ich sehe nichts?" ,fragt Hajo und blickt, so weit er kann, auf sein Hinterteil. Nichts ist zu sehen. Oder will er es nicht sehen, weil Hajo ein Verwirrspielchen treibt?

"Stell dich nicht so an." ,sagt Theresa. "Vor dem Spiegel hinten im Schlafzimmer siehst du es genauer."

"Ach da meinst du. Jetzt fühle ich es."

"Lasse deine schmutzigen Finger aus der Wunde." ,meckert Theresa. "Nachher bekommst du eine Blutvergiftung."

"Meine Hände sind sauber. Ich habe sie vorhin im Bach gewaschen."

"Ich auch." ,fügt Hajo hinzu.

"Und der Dreck an den Tannenzweigen, die ihr festgehalten habt?"

"Ach so." ,erwidert Hajo.

"Mutter meint das gespritzte Düngemittel." ,sagt der Klugscheißer.

"Hier ihr Knalltüten; nehmt die Kernseife und schruppt mit der Nagelbürste eure Finger ordentlich sauber."

"Ja Mutter."

"Und zieht eure Hosen aus, damit ich sie wieder stopfen kann."

"Machen wir Mutter."

Zwei Minuten später stehen die Söhne in der Unterhose da. Einer schruppt die linke, der Andere die rechte Hand. So braucht keiner auf den anderen Bruder zu warten, bis er mit seiner Fingerpflege an die Reihe kommt.

"Hier sind die kaputten Hosen zum Flicken."

"Schämt ihr euch nicht?" ,fragt Theresa. "Ich habe doch weißgott Arbeit genug."

"Ja Mutter."

Wenige Worte sind manchmal besser, als unüberlegt zu viel gesagt. Kurze Zeit später sitzen die Knaben am Esstisch und warten auf ihre gestopften Hosen. Das bringt die Mutter auf eine Idee.

"Ihr ward doch kaum alleine unterwegs?" ,fragt sie neugierig.

"Ein paar Freinde haben uns begleitet." ,antwortet Anton. "Wie so, warum?" ,will er wissen.

"Hoffentlich hat euch kein Mensch gesehen und macht uns einige Schwierigkeiten." ,sagt Theresa besorgt.

"Da soll nur einer sein Maul aufreißen und petzen, der wird dann dafür büßen." ,gibt Anton zu verstehen.

Der Mutter gefällt dies ganz und garnicht, wenn ihre Söhne kopflos an eine mögliche Rache denken. Sie wollen doch kaum wegen ihrer dummen Streiche einen Kleinkrieg anzetteln. Das könnte schlimmer ausgehen, als das kleine Ärgernis wert ist.

"Lasst die Finger davon. Ihr habt bereits genug angerichtet."

"Ist doch klar.",sagt Hajo. "Anton übertreibt es gerne."

"Macht mir keinen neuen Arger, sonst müssen wir wegen euch hier noch wegziehen." ,sagt die Mutter bekümmert und schaut mit einem strengen Blick ihre Zöglinge an.

"Wegen der wenigen Tannenzweige kann uns niemand etwas anhaben."

"Wollen wir's hoffen." ,sagt Theresa. "Ich weiß ja nicht, was ihr sonst noch alles verbrochen habt."

"Immer dieses Misstrauen."

"Ich traue euch alles zu." ,kommen Theresas böse Worte über ihre Lippen. Sie hat stets ihre gewissen Zweifel, egal was die Söhne unternehmen.

Langsam verlangt der jugendliche Magen nach einer ausreichenden Sättigung. Mit wenigen gemeinsamen Handgriffen ist der Esstisch gedeckt. Alles sieht so einladend aus. Nur die Mutter grübelt immer noch herum. Sie hat eine weitere Frage inpetto und lässt nicht locker, bis sie ihre Neugierde gründlich befriedigt hat.

"Hajo, wir haben im Stall so ein schönes Fahrrad stehen und du läufst stets hinter deinem Bruder her. Er bringt dich immer wieder in Schwierigkeiten. Es gibt doch auch seriöse Spielmöglichkeiten."

"Welche bloß, die nicht langweilig sind?"

"Ach so. Was dein Bruder ausheckt, ist spannender."

"Nicht immer." ,sagt Hajo. "Nur dann, wenn er vor einem bissigen Hund flüchten muss."

"Er übertreibt mal wieder." ,redet der Bruder sich heraus. "Der Hund wollte nur mit mir herumspielen. Ich hatte keine Lust dazu."

"Deine Freunde haben es anders miterlebt."

"Außer mir waren da nur lauter Angsthasen. Sie zuckten beim ersten Hundegebell zusammen."

"Und du Anton hast mit dem Hund gerungen?" ,fragt Theresa.

"Ich habe ihn in seine Schranken verwiesen."

"So ein Angeber." ,sagt Hajo. "Er hat genauso gezittert wie seine Freunde."

"Wer ist denn rückwärts vom Zaun gefallen, als der Hund nach ihm schnappen wollte?" ,fragt Anton und guckt nervös zu seinem Bruder herüber.

"Ach dieser kleine Ausrutscher."

"Früher nannte man es Feigheit vor dem Feind."

"Da hast du recht Anton." ,kontert der Bruder. "Der Köter ist vor mir ausgerissen."

"Du Memme bist vor dem Schäferhund geflüchtet." ,stellt Anton die Sachlage richtig.

"Entschuldige Bruder. Das muss ich verwechselt haben."

"Ihr seid zwei richtige Halunken. Einer überragt den Anderen."

"Ich bin schließlich der Boss, und die Anderen dürfen nach meiner Pfeife tanzen." ,erklärt Anton zielstrebig.

"Mein lieber Gesangverein. Du haust hier ganz schön auf den Putz. Wären deine Freunde jetzt hier, so würdest du ohne zu stottern keinen einzigen Satz richtig hervorbringen." ,sagt Theresa.

"So ist es Mutter. Wo ihm niemand zuhört, da spuckt er große Töne." ,sagt Hajo.

"Würde ich hier zuhause wirklich auf den Putz klopfen, so würde die Hauswand einstürzen." ,scherzt Anton.

Widerwillig fühlt die Mutter seine Stirn, ob der Sohn vielleicht Fieber hat. Ein normaler Mensch kann kaum so viel Blödsinn reden. Bruder Hajo schweigt und genießt schmatzend einen leckeren Imbiss. Er will nun von alledem nichts mehr hören. Anton isst nur eine Brotscheibe mit wenig Belag, denn er möchte seine schlanke Figur behalten. Ein Zappelphilipp ist er, der viel Bewegung braucht.

*

Der Satan im Zahn

Stets, wenn die leckeren Süßigkeiten im Bäckerladen die Herzen
der Schleckermäuler verzücken, rennt ein strahlender Junge schnell
wie ein Wiesel, um einen verlockenden Schatz zu bergen. Er funkelt
in den Augen und zerrt an der Unvernunft. Zu langes Überlegen
ruft nur die Unruhe hervor und stürzt den gutgläubigen Narren
in einen Gewissenskonflikt. Will er sündigen, so soll er es tun.
Es ist wie das Heimweh eines verliebten Seemanns, was Hajo zu
den lieblichen Backwaren treibt. Sie betteln förmlich um eine
Kostprobe und wollen von einer zarten Hand geleitet in den Magen
der Glückseligkeit eintauchen.
Da ist ein fleißiger Bäckerbursche, der stets preisgünstige Waren
anbietet, auf die es zahlreiche Kunden abgesehen haben. Jeder
einzelne Bürger hat seinen persönlichen Geschmack und genießt
das freundliche Betriebsklima sowie die zuvorkommende Bedienung.
Gerät ein spezieller Freund der Naschkatzen in die Nähe eines
heimtückischen Angebots, so ist er mit Haut und Haaren verloren.
Ohne Gegenwehr gelangt er in das ausgelegte Fangnetz der gierigen
Betrachtungsweise. An vielen Enden zerrt eine sehr beeinflussbare
Menschlichkeit. Jetzt ist das labile Herz und der arg vernebelte
Verstand gefordert. Sie geben unter dem wahnsinnigen Druck einer
höheren Befehlsgewalt kleinlaut nach.
Mit wenigen Groschen wandern viele Rahmbonbons in die geleerten
Taschen der Kinderklamotten. Bis die eingekauften Vorräte zuende
sind, ist längst ein angemessener Nachschub in Sichtweite gelegt.
O mein Gott, ist das ein wunderbares Gefühl, diese süße Knetmasse
zwischen den zermahlenden Zähnen genussvoll hin- und herzutreiben.

Mit der Zunge wird eine ausreichende Flüssigkeit beigemengt, bis
der angenehm schmeckende Saft munter die Speiseröhre hinunter
in den Magen hineinfließt.

Anfangs zeigen die reibungsfreudigen Kaugesellen keine erkennbare
Spur von bedrohten Einflüssen. Erst nach einigen Wochen der süßen
Nachschübe sind plötzlich gelbe bis hellbraune Flecken zu sehen,
die durch eine mangelhafte Zahnpflege ungeahnte Ausmaße erlangen.
Das ist weniger lustig und setzt die heiter zerkauten Träume in
ein bedenkliches Bild hinein. Unbemerkt hat der böse Zahnteufel
sein neues Quartier bezogen und bedroht den nächtlichen Schlaf.
Als die Sturmglocke die ersten Wehwehchen einläutet, hat Theresa
bereits alles vorausgeahnt. Weise, wie sie tut, prangert sie die
Unbelehrbarkeit ihres zweiten Sohnes an, der die bösen Gefahren
falsch eingeschätzt hat und nun auf eine milde Bestrafung hofft.
Doch von einem Verbot für den leckeren Verzehr will der Gepeinigte
nichts wissen.

Noch ahnt er nichts von den tatsächlichen Qualen, die ihn erwarten
und seinen verweichlichten Verstand verhexen wollen. Ohne einen
ärztlichen Beistand verfällt der starrköpfige Knabe zusehens in
eine Dauerkrise, die ihn langsam in den Wahnsinn treibt.

Bisher hat der Zahnteufel keinen Nerv erwischt, weil alle Zähne
noch gut erhalten sind. Er muss nur abwarten können und auf eine
fortgesetzte Dämlichkeit hoffen, denn Hajo hat alle Ermahnungen
der Mutter in den Wind geschlagen.

Von vorgewarnten Merkmalen und dem angepriesenen Ärztekram hält
Hajo sehr wenig, denn seine kauende Extase macht ihn süchtig.
Ohne einen klaren Verstand wird das zuckersüße Gefahrengut weiter
gekaut. Erneut warnt die Mutter vor den grässlichen Folgen, doch

ohne Erfolg.

"Lass dieses ungesunde Zuckerzeug aus deinem Körper. Bald sind alle Zähne von Karies befallen. Dann kommst du reuevoll angesaust und heulst uns die Ohren voll."

Theresas aufdringliche Nervtöterei hält Hajo für stark übertrieben und lässt alle gut gemeinten Ratschläge wie eine heiße Kartoffel fallen. Er will von einem drohenden Zahnteufel nichts wissen. So lange Hajo keine direkte Gefahr verspürt, schmecken die süßen Sahnebonbons so gut wie immer.

Wie können diese hübschen Erzeugnisse solche angeprangerten Qualen herzaubern? Oder ist dies nur ein behelfsmäßiger Trick, um die munteren Schleckermäuler von ihrer Sucht der Geldverschwendung abzulenken?

Dieses ganze Gefasel ist Hajo ein Dorn im Auge. Solche Auftritte dieser launenhaften Schreckgespenster haben bei ihm nichts zu suchen. Sie sollen abhauen und die Kurve kratzen.

"So schnell trommelt in meinem Mund kein Floh herum. Alles, was gut mundet, wollen sie mir verbieten."

"Stecke einen Finger in deinen Mund und lutsche daran."

Da will Theresa aus Hajo ein Baby machen, denkt der verwirrte Sünder. Doch da spielt er nicht mit. Seine geliebten Rahmbonbons nimmt ihm keiner weg. Sie sollen es nur versuchen, sausen da die Gedankenzüge durch das Kindergehirn. So leicht gibt Hajo nicht klein bei. Er ist ein junger Mensch mit kleinen und großen Fehler.

"Nein Mutter, meine Fingerhaut schmeckt mir nicht. Sie ist kein Ersatz für die angebotenen Freuden der Bäckersleut."

"Mache nur was du willst. Meine Zähne sind es ja nicht, die später leiden müssen." ,sagt Theresa verärgert.

So ein großes Theater um ein paar kleine Bonbons. Das muss eher krankhaft sein. Warum hat dieser nette Verkäufer kein einziges Wort über eine angebliche Schädigung der Zähne gesagt? Muss er dann befürchten, dass die Kundschaft ausbleibt und er auf seinen vielen Leckereien sitzen bleibt? Oder mögen die Geschäftsleute keine Besserwisser, die einen gutgehenden Laden ruinieren können? Für nur einen Groschen gibt es eine kleine gefüllte Tüte, die wundersame Erlebnisse vermittelt. Von einem Groschen wird niemand arm und keiner reich. Warum also dieses Theater?

Nach jedem neuen süßen Einkauf pocht das Kinderherz auf's Neue. Dann bleibt für einige Minuten oder Stunden die verpönte Wahrheit vergessen. Das erfreut den Satan im Zahn so heftig, dass er sich gegen eine anbahnende Überrumpelung mit aller List zur Wehr setzen würde.

Als ein zäher Verbündeter des menschlichen Starrsins überlistet der Tölpel das Gute des Gewissens und schürt immer wieder das wartende Unheil. Kaum ein halbes Jahr später treten ernsthafte Angstzustände auf. Der schreckliche Zahnbewohner hat einen hart hämmernden Polterabend angekündigt und will eine baldige Familie gründen. Jetzt sollte der bedrängte Verstand einlenken und dieses Zuckerzeug verbieten, es zumindest aus den täglichen Träumen ein für allemal verbannen.

Jeder neue Temperaturwechsel zerrt am erkrankten Zahnnerv und bringt ihn in arge Bedrängnis. Auweia, jetzt pocht ein Geist ohne Aufenthaltserlaubnis in Hajos Gebiss herum. Schlagartig ist das lustige Kauvergnügen unterbrochen worden. Aus Angst vor dem Bohrer des unbeliebten Zahnklempners läuft der gepeinigte Junge einige Tage wie in Trance versetzt hin und her. Eine heiße Ofenplatte ist vorerst ein rettender Strohhalm. Mit einem erwärmten Tuch aus Baumwolle, das auf die quälende Backe gepresst wird, sollen die störenden Zahnschmerzen vergrault werden. Aber so leicht ist der eingenistete Karies kaum mit falschen Mitteln zur Aufgabe zu bewegen. Ein Arzt muss hier dringend ans Werk und den Erreger abtöten.

Theresa hat sofort erkannt, was ihrem jüngsten Sohn fehlt. Jetzt soll er endlich seinen großen Fehler einsehen, bevor es zu spät ist. Doch Hajo zögert. Seine Wille ist zu schwach. Das nutzt die Mutter aus und sagt erneut belehrend:"Bereits vor einigen Monaten habe ich dich darauf hingewiesen, dass ein weiterer Verzehr dieser Süßigkeiten schlecht für die Zähne ist. Du wolltest nicht hören und musst nun die Konsequenzen tragen. Wer nicht hören will, muss fühlen, heißt ein Wahlspruch."

"Du hast gut reden." ,sagt Hajo.

"Was heißt hier gut reden? Ich leide genauso darunter wie du."

"Dein Zahn schmerzt aber nicht."

"Das bist du alleine schuld. Ich kann dir nur raten, sofort zum Zahnarzt zu gehen, damit dein Zahnleiden ein Ende findet. Nach einer Stunde ist der ganze Ärger überstanden."

"Nein nein, ich mag davon nichts hören." ,winkt Hajo ab.

Er hat panische Angst vor diesen schrillen Bohrgeräten, die sein Gehirn durchwirbeln könnten. Und Mutters mitfühlende Gesten können die Zahnfäulnis nicht wegzaubern. Sie kann nur stets immer wieder ermahnen, denn einmal muss sie damit Erfolg haben.

"Wenn du dich nicht behandeln lässt, musst du dich mit den Qualen abfinden. Du allein hast es in der Hand und musst schließlich wissen, was du tust."

"Gibt es sonst keine andere Möglichkeit, den Zahn zu betäuben?"
"Da gibt es Spalttabletten aus der Apotheke. Sie helfen nur kurze
Zeit. Bei größeren Mengen dieser chemischen Zusammensetzung kannst
du süchtig werden." ,erklärt Theresa.
"Und sonst gibt es nichts weiter?" ,fragt Hajo.
"Das Erwärmen mit dem Handtuch hilft nur so lange, bis dabei keine
kühlen Getränke in den Mund einfließen."
"Das soll nun heißen: Ohne Nahrung sind die Schmerzen tabu. Dann
müsste ich verhungern." ,sagt Hajo.
"So leicht verhungert kein Mensch." ,erklärt Theresa. "Du darfst
keine kalte Milch trinken. Dann gehen die Qualen von Neuem los."
"Irgendwie muss es weitergehen."
"Gehe endlich zum Zahnarzt. Jetzt ist es erst ein winziges Loch
und kann belanglos behandelt werden. Ist erst eine Zahnwurzel
angegriffen, dann ist der ganze Zahn kaum noch zu retten. Dann
klafft eine unschöne Lücke im Gebiss, wo der Wind durchpfeift."
"Hör auf mit diesem Gesülze."
"Ich will dir doch nur helfen." ,sagt Theresa.
"Mir kann keiner helfen."
"Gib es zu, du bist zu feige zum Arzt zu gehen."
"Soll der Mistzahn einfach herausfallen." ,sagt Hajo.
Von Tag zu Tag sitzt die Angst tiefer im Nacken. Sie raubt Hajo
den Schlaf. Sind die Schmerzen abgeklungen, so locken erneut die
leckeren Bonbons mit ihrer teuflichen Machtbegierde. Vor lauter
Dummheit kapituliert die Vernunft. Ohne den geringsten Widerstand
kann die Selbsterkenntnis nichts ausrichten.
Am nächsten Tag klopft der freche Satan erneut wie besessen auf
der erkrankten Zahnstelle herum. Er meißelt fleißig ein Guckloch

in seine Festung und will den Hausbesitzer damit ärgern.
Plötzlich beginnen feine Nadelstiche den Zahnnerv zu bearbeiten.
Pausenlos sind die gepeinigten Gedanken gestört. Ein klares Denken
ist unmöglich geworden. Eine dringende Behandlung beim Zahnarzt
ist nicht mehr zu vermeiden.
In der Nacht dringen in Hajos Träumen die reißenden Zangen in
sein Gehirn ein. Höllisches Gelächter taucht auf. Schweißgebadet
wacht der Dummkopf am frühen Morgen auf. So eine gruselige Nacht
möchte er kaum wieder miterleben. Verzweifelt ballt er seinen
Mut zusammen. Am Nachmittag landet der mitleidswürdige Delinquent
im Beisein seiner Mutter im Sprechzimmer einer Zahnarztpraxis.
Es weht ein scheußlicher Geruch herüber, der auf's Gemüt drückt.
Ein unheimliches Surren dringt durch die Wände. Es kribbelt unter
der Haut und nagt spürend an der menschlichen Seele herum. Hajos
Körper beginnt zu zittern. Eine Krankenhausatmosphäre drückt auf
sein Ego und lässt die Gesichtsfarbe erblassen. Plötzlich wird
unerwartet die Zwischentür zum Behandlungszimmer geöffnet und
eine Arzthelferin spaziert in den Vorraum hinein.
"Wer ist bitte der nächste Patient?"
"Hier, wir sind dran." ,erwidert Theresa.
Die Mutter darf locker bleiben. Sie hat nichts zu befürchten.
Sie soll nicht gequält werden. Nur der Sohn ist hier der Leidende.
Rasendschnell fließt Hajos Blut durch die Adern. Seine Stirn ist
glühend heiß. Ist jetzt für ihn der "Jüngste Tag" gekommen? Muss
der Gequälte nun seinen 'Löffel' abgeben?
Wie wird bloß der erste Kontakt mit dem gefürchteten Zahnklempner
ausfallen? Erlebt Hajo wieder eine neue Kanzelpredigt?
O weh o weh, da flattern die Nerven wild durcheinander. Wird nun

der Patient zur Schlachtbank geführt, wo so viele Werkzeuge vor seiner Nase herumliegen?

Wie schön diese Instrumente glänzen. Hajo hat sein Haupt auf einem schweren Behandlungsstuhl niedergestreckt, der mit glattem Leder überzogen ist. Jetzt gibt es kein Zurück mehr. Nun muss Hajo in den sauren Apfel beißen und gehorchen.

Ein stämmiger Herr im weißen Kittel tritt an den Stuhl heran und sagt mit einer brummigen Stimme:"Jetzt machst du erst einmal den Mund weit auf, damit ich nachschauen kann, wo sich der böse Feind eingenistet hat."

Ängstlich rutscht Hajo auf seiner Unterlage hin und her. Irgendwie versucht er vor seiner Feigheit zu flüchten.

Auf einer spiegelnden Anhöhe wird ein Glas, das zur Hälfte mit frischem Wasser gefüllt ist, bereitgestellt. Danach bekommt Hajo ein helles Schlabberlätzchen umgebunden. Was hat dies zu bedeuten? Er hat jetzt keinen Durst und essen will er auch nicht. Ihm, dem großen Verehrer der leckeren Sahnebonbons, wird nun plötzlich übel. Da blickt ein arg verwirrtes Gesicht in dieser brisanten Lage in einen ärztlichen Arbeitsrhythmus hinein und wird zusehens leichenblass. Hilfsbereit ist der Doktor zur Stelle und sagt zur Beruhigung: "Das ist nicht schlimm. In wenigen Minuten ist dieses kleine Maleur behoben. Es kann ein wenig pieken, doch danach ist alles überstanden."

Das hört sich gut an. Mit flauschigen Watteröllchen wird innen die Backenseite gut gepolstert, damit bei einem Abrutschen des Bohrers kein Zahnfleisch beschädigt wird und Blut fließen kann. Aufheulend summt über eine biegsame Welle ein winziger Fräser los, der die eingeschlichene Fäulnis beseitigen möchte. Voller

Furcht weicht Hajos Kopf zurück und presst sich kraftvoll gegen
die Nackenstütze. "Aua aua." ,jammert der Patient. Er ist doch
keine zähe Blechbüchse. Hajos Schädel ist bereits mit genug Löcher
ausgestattet. Da braucht der Zahnarzt keines mehr hinzufügen.
Es kitzelt leicht, als die Spitze des feinen Fräsers den Zahnnerv
berührt. Blitzartig zuckt der Knabenkörper zusammen. Rasendschnell
ist der Karies beseitigt. Oh ihr schlimmen Qualen verzieht euch
und verzeiht diesem jungen Patienten, der bereits eine angemessene
Strafe für seine große Dummheit erhalten hat.
Von einer Sekunde zur anderen ist der verrückte Spuk beendet.
Dieser wahnsinnige Schmerz hat aufgehört zu existieren. Eine feine
Mörtelpaste hat das kleine Loch im Zahn abgedichtet. Alle Ängste
sind verflogen. Sofort schießt eine neue Farbgebung in das bisher
erblasste Gesicht hinein. Nun können die silbernen Instrumente
der ärztlichen Folterkammer wieder verschwinden.
Es ist herrlich, diesen scharfen Klauen des Satans entkommen zu
sein. Ein neuer Glanz entflammt in Hajos Augen, als er draußen
wieder den festen Bodenbelag der Straße unter seinen Füßen spürt.
Das nun reparierte Gebiss erhält eine neue Chance und kann jetzt
wieder neue Rahmbonbons zermalmen. Ein Junge ist wieder glücklich
und blickt zuversichtlich in ein neues Kauvergnügen hinein.
Nun erwartet wieder ein freundlicher Bäckergeselle einen alten
Kunden, der wieder sehnsuchtsvoll die Auslagen der Schaufenster
sondiert.
Jetzt, wo der Satan im Zahn besiegt ist und aus seinem Domizil
verjagt wurde, ist ein neuer Drang nach leckeren Dingen entflammt.
Freud euch mit mir ihr Lieben - meine Kaulust ist geblieben.

*

Der Brüllaffe ist los

An einem ruhigen Wochentag schlendern zwei gelangweilte Knaben am Kirchplatz vorbei und wollen zur nahegelegenen Verkehrsstraße hintrotten.

Gleich gegenüber der Dorfkapelle ist eine Schreinerwerkstatt, und links daneben grenzt der kleine Garten des Bauern Bulli an. Vorne am Ende der schmalen Gasse, wo rechtsbündig der Bauernhof beginnt, liegt im Gegenüber der versteckte Tante-Emma-Laden der sehr rüstigen Käthe Winzig.

Hier im engen Durchschlupf sind nur wenige Hausfenster eingebaut, da dort nur kurze Zeit ein aufhellender Lichtstrahl einfällt. Daher ist diese Gasse überwiegend in einen Dämmerzustand versetzt schlecht einsehbar. Das sieht nach einem idealen Fluchtweg aus. Wenige Meter vor den beiden Hausecken sind die vorbeifahrenden Blechkarren nur wenige Augenblicke zu beäugeln. In Bruchteilen von Sekunden würde eine winzige Lawine kleiner Kieselbrocken im segelnden Schleuderflug einen unübersehbaren Ärger anzetteln. Es ist ein heikles Experiment, das gut durchdacht sein will, um einem aufbrausenden Kraftfahrer ein Paar unsichtbare Hörner zu verpassen und ihn danach auf eine falsche Fährte zu locken.

Voller Heimtücke schaut der ältere Junge seinen jüngeren Bruder an und sagt zu ihm:"Du traust dich nicht, eine Hand voll Kies auf eine vorbeizischende Blechkarre zu werfen."

"Aber da vorne an der Straße kann mich jeder sehen und könnte mich wiedererkennen." ,sagt der Jüngere.

"Wirf aus einer Position weiter zurück. Dann kannst du günstiger abhauen." ,schlägt der Ältere vor.

"Aber wie soll ich erfahren, wann das Auto die Lücke passiert?"
"Ich stelle mich neben die Hausecke und gebe dir rechtzeitig ein
Zeichen, wann du loswerfen sollst."
"Dann sehen sie ja dich."
"Ich schiele mehr um die Hausecke herum."
"Ach so."
"Außerdem renne ich schneller als du." ,sagt der Ältere.
"Ich weiß, dass ich eine lahme 'Ente' bin."
"Da hast du recht, du mit deinen Bleifüßen."
"Dafür kannst du schlechter kieken."
"Komm´ lieber Bruder, ein großes Auto kann ein stark Sehbehinderter
kaum übersehen."
"Du sollst nicht oben drübergucken."
"Dumpfbacke, du weißt genau, was ich meinte."
"Beruhige dich Brilli. Es war nur ein Scherz."
"Denke daran, die Kieselsteine werden kein Zuckerlecken sein.
Dabei musst du deinen inneren Schweinehund herausfordern."
"Ich weiß es Bruder. Was kann mir dabei groß zustoßen?"
"Wenn du schnellgenug wegrennen kannst, dürfte es keine Probleme
geben."
"Packen wir´s an. Dann sehen wir, was los ist."
Hajo ist guter Hoffnung und denkt, irgendwie wird es schon gehen.
Eigentlich ist es keine große Kunst, einem waghalsigen Autopiloten
hübsche Hörner aufzusetzen und ihn dabei so rasant zu verulken,
dass er verzweifelt ausrastet und als wütender Brüllaffe hinter
seinem Peiniger hertrottet. Das wird lustig.
Hajo, der große Feigling, muss nun Farbe bekennen. Ein Rückzieher
wäre schlecht gewählt. Da würden ihn die Freunde verspotten, und

er wäre zum Außenseiter erkoren. Nein, so nicht. Nun ist die Zeit der Bewährung gekommen.

O Gott stehe ihm bei, auch wenn er eine große Sünde begeht. Dafür geht er sonntags in die Kirche und bittet um Gnade für das Unrecht eines jungen Halunken, der bewusst anderen ein Leid zugefügt hat.

Aufgeregt beißt der Jüngere seine Zähne zusammen. Er wartet auf das verabredete Zeichen, das der Bruder zum Start des heißen Wettlaufs anzeigen wollte.

Plötzlich hebt der rechte Arm des Älteren ein helles Taschentuch hoch. Nun ist die Stunde der Versuchung gekommen. Im hohen Bogen fliegt eine kleine Handladung fingergroßer Kieselbrocken durch die Luft zur Verkehrsstraße hinüber. Gebannt wird das erklingende Echo erwartet. Es scheint zu funktionieren. Ohne erkennbare Reue rennen die jungen Teufel um ihr armseliges Leben, als wäre eine Herde wilder Büffel hinter ihnen her. Nach etwa 40 Meter kommt ein Kreuzweg, vor dem ein breites Mauerstück ein angrenzendes Hofarial teilweise verdeckt. Hier ist ein gutes Versteck für eine kurze Rastfase gegeben, in dem die beiden Halunken vorerst einen sicheren Unterschlupf finden.

Dem Jüngeren ist die Puste ausgegangen. Er kann vorläufig nicht weiterrennen. Ihn schmerzen heftige Seitenstiche, daher muss die Flucht pausieren.

"Ich bin ko." ,sagt er.

"Ist ja gut du Schnecke."

"Ich kriege kaum noch Luft."

"Nicht so laut." ,flüstert der Ältere. "Willst du hier entdeckt werden?"

"Noch ist kein Mensch zu sehen." ,erwidert der Jüngere.

"Vielleicht hast du zu früh geworfen?"
"Eher zu spät."
"Dann warten wir umsonst."
"Soll denn alles vergebliche Mühe gewesen sein?"
"Nicht ganz. Solche Probewürfe müssen sein, wenn alles richtig verlaufen soll."
"Alles noch einmal neu beginnen?" ,fragt der Jüngere.
"Klar doch. Jetzt hast du dich bereits eingeworfen."
"Hoffentlich geht es nicht wieder schief."
"Wenn du es dieses Mal richtig anpackst, geht alles klar."
"Gut Chef. Einmal muss es ja klappen."
O mein lieber Gott, wie zittern ihm die Knie. Wird das erwählte Opfer es dieses Mal bemerken und aus seiner Blechkiste stürzen, um den Übeltäter zu ermitteln?
Ratternd donnern einige Kraftwagen über die glatten Pflastersteine und verpesten die Luft. Plötzlich greift der Ältere erneut nach seinem Taschentuch, um den zweiten Streich anzukündigen.
"Pass jetzt auf. Ein schwerer LKW kommt angebrettert."
Ein lautes Brummgeräusch rückt an. Als es in den Sehbereich der Weglücke einfällt, schleudert der Jüngere seine nächste Ladung der feinen Kieselsteine hinaus auf den vorbeiziehenden Track. Es klirrt und scheppert. Jetzt muss ein Einschlag erfolgt sein, denn ein laut ertönendes Reifengequietsche einer Vollbremsung dringt in die knäblichen Lauscher ein. Wie aufgescheuchte Hühner flattern die bösen Buben erneut auf das Versteck hinter der Mauer zu. Im starken Gegenwind stehen im Nu die Kopfhaare zu Berge, als säße der Satan im Knabengenick und möchte den Sünder die Haut gerben. O weh, was machen sie da durch. Hoffentlich ist ein guter

Schutzengel zur Stelle, der das Schlimmste verhindern kann.
Schockiert und wütend ist der Trackfahrer ausgestiegen und rennt
voller Zorn in die schmale Gasse hinein. Hoffnungsvoll versucht
er den Steinwerfer zu erwischen. Gewaltig verärgert und ausgereizt
trampelt der Blechkistenpilot wie ein wild gewordener Grislibär
die Dorfgasse hinunter. Laut trompetend dröhnen grauenhafte Worte
hervor, als hätten die Früchtchen einem zweibeinigen "Ochsen"
die Hörner geklaut.
"Wenn ich das Schwein erwische, dann mache ich Hackfleisch aus
ihm."
Zu ihrem Glück hocken die beiden Übeltäter erneut hinter der hohen
Grenzmauer auf fremdem Land und horchen, wo der Brüllaffe bleibt.
In letzter Minute sind sie unerkannt entkommen. In Strömen fließt
der kühle Schweiß über den Kopf und Nacken herunter. Der Schrecken
der Angst ist über die Mauer gestiegen und geht den Knaben heftig
auf den Geist. Jetzt nur nicht eine Schlappe zeigen, die sie hier
verraten könnte.
Wie eine hächelnde Hundeseele kämpft ein schwacher Jungbrunnen
mit seiner Atemluft. Derweilen spielt der Ältere einen Draufgänger
ohne Furcht und Tadel. Sein angeberischer Gesichtsausdruck lässt
durchblicken, wie er das makabere Abenteuer nach seinen Regeln
genießt. Ihm gefällt es, wenn die schwachen Recken am Boden der
Tatsachen herumkriechen und um Mitleid winseln.
Plötzlich schallen verschwommene Brüll- und Schimpflaute über
die Mauer. Es muss der Gehörnte sein, dem einer seine Blechkiste
verbeult hat. Er ist stinksauer und lässt schwer gedemütigt seinen
angestauten Frust heraus.
"Du verfluchter Mistkerl, wo hast du dich verkrochen? Komm hervor.

Ich erwische dich sowieso."

"Psst keinen Laut." ,sagt der Ältere. "Der Kerl blufft nur. Er will uns nur aus unserem Versteck locken. Danach schleppt er uns im Schwitzkasten zu unseren Eltern hin und ruft die Polizei zu Hilfe."

"O je, dann landen wir im Gefängnis."

"Leiser reden. Er kann uns sonst hören."

"Wie lange müssen wir hier noch ausharren?" ,fragt der Jüngere.

"Noch höchstens 10 Minuten. Dann ist der Brüllaffe wieder weg."

"Ein Glück für uns. Er geht mir langsam auf den Keks."

"Ich habe keine Steine geworfen."

"Du warst dabei und hast Schmiere gestanden."

"Horche, ich habe etwas gehört."

"Psst, ich höre Schritte."

"Psst, ich auch."

Für mehrere Sekunden halten sie ihren Atem an. Eine beklemmende Stille schwebt über ihren Häuptern. Jetzt hören die Geräusche auf. Das muss ein gutes Zeichen sein. Können die Sünder nun aus ihrer beschissenen Lage hervorkriechen oder sollen sie noch ein paar Sicherheitsminuten anhängen?

Sie, die gefürchteten Krawallmacher, warten auf den großen Knall. Sie warten auf diesen gruseligen Moment, wo eine sehr schleimige Bärentatze über die Mauerkante streift, um eine verängstigte Beute zu ergreifen. O mein Gott, was sollen sie nur tun?

Dieser elende Luftverpester soll endlich verduften, denken die Knaben. Er hat genug herumgebrüllt und Angst und Schrecken unter das Volk gestreut.

Jetzt haben die Duckmäuser lange genug gewartet. Sie sind es leid, auf dem Erdboden zu knien und wie feige Hunde vor der Obrigkeit den Schwanz einzuziehen. Nun ist die Zeit der neuen Testreihen gekommen. Sie wollen möglichst bald erprobt werden.

Den Jüngeren beschäftigen noch ungelöste Gedankengänge, die ihm keine Ruhe lassen und sein Gehirn teilweise blockieren.

"Wer muss für den entstandenen Schaden am LKW aufkommen?"

"Jeder Kraftfahrer ist versichert." ,erklärt der Ältere.

"Dann ist es weniger schlimm."

"Für den Fahrer ist es so schlimm genug. Er hat ein ramponiertes Auto."

"Und wir haben eine verletzte Seele, die hungrig ist."

"Sonst hast du keine weiteren Sorgen?" ,fragt der Ältere.

"Ich glaube, der Brummbär ist weg. Er brüllt nicht mehr."

"Dann gehe raus und schaue nach, du Angsthase."

"Das mache ich auch."

Dem Jüngeren sind seine Beine eingeschlafen. Sie wollen liebevoll geweckt werden. Da dauert es eine gewisse Zeitspanne, bis er einigermaßen aufrecht stehen kann.

Da ist der Ältere viel gelenkiger und ist gleich aufgesprungen, weil er nicht auf die lahme Ente warten wollte. Kein wütender "Rattenfänger" ist zu sehen und will zwei üble "Ratten" einfangen, die ihn aus der Bahn geworfen haben. Kein Mensch brüllt herum. Alles ist so friedlich. Hatte Gott dem "Brüllaffen" die Stimme verstummen lassen, weil er die Ruhe des Gotteshauses ernorm störte oder warum ist es nun so verdächtig ruhig?

Ein Knabenkörper bebt immer noch. Ihn plagt bestimmt das schlechte Gewissen. Nervös kaut der Ältere an seinen Fingernägel herum. Bestimmt sucht unser Mister Brüllaffe jetzt nach seinen leckeren

Bananen, die er zu seiner Beruhigung braucht. Oder er ist weiter gefahren, da sonst sein Track den Straßenverkehr zu sehr behindert hätte. Auch die Spitzbuben sind ausgerückt, um dem Landbesitzer nicht in die Arme zu laufen.

"Ein Glück, dass keine <u>Sau</u> hier herumstreift." ,sagt der Jüngere.

"Wer sollte das schon sein?"

"Vielleicht ein Schutzmann."

"Du Witzbold, hast du irgendwo ein grünes Fahrrad auf der Streife gesehen?"

"Nein Boss. Daran habe ich nicht gedacht."

"Du denkst nur an´s Kauen. Wie soll das mit dir nur enden?"

"Das merkst du schon, wenn ich platze."

"Dann möchte ich nicht in deiner Nähe sein, sonst bleibt noch etwas von deiner Dusseligkeit an mir kleben."

"Dann wärst du ein Zwitter, so ein Jeck mit einem Anhängsel."

"Du hast´nen Knall an der Erbse." ,sagt der Ältere. "Dein Gehirn hat vorhin beim Wettrennen zu wenig Sauerstoff erhalten."

"Und wenn schon."

"Bist du nun eingeschnappt?"

"Iwo Bruder. Vorhin hattest du es so eilig, hier wegzukommen."

"Gleich siehst du nur noch eine Staubwolke herumwirbeln."

Jetzt flitzen beide zum Bach hinunter. Ihre Mutter liegt vorne zur Straße hin im Stubenfenster und wundert sich, warum ihre Söhne so herumhetzen. Das macht sie neugierig. Sie will stets über alles informiert sein. Das Fragen ist ja nicht verboten.

"Warum rennt ihr wie besessen um die Kurve? Habt ihr wieder etwas verbrochen?"

"Nein Mutter." ,antwortet der Jüngere.

"Ich sehe doch, dass da etwas nicht stimmen kann."
"Was soll da nicht stimmen?" ,fragt der Ältere und verdreht dabei beleidigt seine Augäpfel, als wäre er die Unschuld vom Lande.
"Wir haben nur ein wenig Nachlaufen gespielt." ,lügt der Jüngere.
"Ich habe weit und breit keinen von euch und euren Freunden hier herumlaufen gesehen." ,sagt die Mutter und schaut die Jungs an, als würde sie an ihren Worten stark zweifeln. Doch der Ältere hat erneut eine passende Ausrede auf Lager.
"Da müssen wir gerade eine Pause eingelegt haben." ,weicht er listig aus. Die Mutter stichelt weiter in ihren Seelen herum, bis sie der Wahrheit auf die Pelle rückt.
"Von wegen eine Rast eingelegt. Ich sehe an eurer Nasenspitze, dass ihr Strolche mich anlügt."
"Wir sind unschuldig." ,beharrt der Ältere auf seiner Version.
"Kommt rein ins Haus und wascht euch gründlich."
Wenige Minuten später stehen die kleinen Sünder vor dem Waschtrog und schrubben ihre bösen Erinnerungen ab. An manchen Stellen wird die Knabenhaut rot und brennt wie das Höllenfeuer.
Müssen die Söhne nun für ihre Schandtaten büßen?
Ob ihre Mutter einen siebten Sinn hat, weil sie stets nur negative Vorahnungen hat? Aber beim älteren Sohn stößt sie da auf Granit. Er kontert stets geschickt. Er hat eine Kaltschnäuzigkeit am Leib, die jeden Gegner abblitzen lässt.
"Du versuchst uns stets etwas Schlechtes anzukreiden, wo wir doch die bravsten Burschen im Dorf sind." ,erklärt der ältere Sohn.
"Du lieber Gott, was hast du mir für zwei missratene Söhne ins Nest gelegt. Einer der Beiden würde aus der Gruft heraus noch andere Menschen zu allerlei Gemeinheiten anstiften. Er muss ein

Teufelskerl sein." ,jammert die Mutter herum und schlägt ihre Hände über ihrem Kopf zusammen.

"Heh Alter. Von dir können die Würmer und Ameisen noch vieles lernen." ,scherzt der jüngere Bruder.

"Musst du Esel hier wieder große Töne spucken, wo du vorhin vor Angst fast im Erdboden versunken bist?"

"Blöder Hund, jetzt hast du mich verraten."

Ist der Jüngere nun dran und muss Farbe bekennen? Seine Mutter bohrt jetzt weiter im Dreivierteltakt ihrer Neugierde herum und will mit allen Mitteln an ihr Ziel gelangen.

"Also habt ihr doch etwas verbrochen?" ,fragt sie erneut.

"Unser Kleiner ist vor einem wütenden Ziegenbock davongewetzt."

"Da hat er bestimmt vorher das Tier gequält." ,meint die Mutter.

"Ich habe es nur ein wenig geärgert. Dafür wollte mich der Bock auf seine Hörner nehmen." ,weicht der Jüngere aus.

"Da werden mir die Nachbarn wieder eine Szene machen."

"Diese teuflichen Klatschweiber sollen lieber ihr Maul halten, sonst werden sie als Hexen auf dem Scheiterhaufen verbrannt."

"Das ihr Früchtchen euch nicht schämt, solche gehässigen Töne von euch zu geben." ,schimpft die Mutter mit ihren Söhnen herum.

"Ich habe nichts davon gesagt und werde gleich mit angeklagt." nörgelt der Jüngere und ist empört.

"Passt auf, dass eure Großmutter solche Sprüche nicht aufschnappt. Sie würde alles im Dorf herumerzählen. Ich möchte hier nicht in irgendwelchen Slums leben, wo die Hölle ausbricht."

"Ist schon klar Mutter. Mein Kopf brummt." ,sagt der Jüngere.

"Das sind die Hummel, so große Brummer. Sie haben es auf dich abgesehen."

"Schön ruhig bleiben Alter. Du kriegst gleich dein Fläschchen."
"Stopfe du nur alles in dich hinein, du Vielfraß."
"Wie soll ich das machen, wo noch kein Essen aufgetischt ist?"
"Ihr wisst, wo alles herumsteht." ,sagt die Mutter. "Schmiert
euch die Stullen selbst. Wer Streiche aushecken kann, weiß sich
selbst zu versorgen."
So ein Firlefanz, ein kleinkariertes Gerede um etwas mütterliche
Zuwendung. Die Knaben sind schließlich keine unbeholfenen Wesen
oder gar Säuglinge, und Geistesgestörte reden noch einen Zahn
bekloppter.
Die Eltern bestehen ab und zu auf einem wilden Wortgeplänkel,
um die Macht des Stärkeren zu demonstrieren. Darauf können die
Söhne pfeifen.
Jetzt blinzelt der Ältere geheimnisvoll mit seinen blaugrünen
Augen über sein dünnes Brillengestell hinweg und flüstert zu dem
Bruder hinüber:"Wer viel reden möchte, den soll man reden lassen.
Wer gerne arbeiten will, der darf weiterschuften. Jeder macht
das, was er am Besten kann."
"Und wenn er dabei Schimmel ansetzt?"
"Dann hört er auf. Du weißt es ja selbst, wenn der Kopf müde wird,
machen die Füße schlapp."
Dieses Beispiel hat der schlaue Brillenfuchs auf das Fluchtrennen
mit der lahmen "Ente" bezogen.
Plötzlich zucken die Kindsköpfe erschrocken zusammen. Ihre Mutter
ist in Horchnähe vorgerückt und hat einzelne Wortbrocken mithören
können. Das gibt saures.
"Na ihr stillen Plappermäuler, ihr braucht nicht zu flüstern.
Meine Ohren hören alles. Ich weiß genau, wenn neue Frechheiten

ausgebrütet werden."

"Wir sitzen hier brav herum und reden über müde Knochen." ,sagt der Ältere trotzig.

"Ihr Schlitzohren verdreht nur wieder die Tatsachen."

"Jeder Mensch sündigt hier und dort." ,erklärt der jüngere Sohn.

"Ich zeige euch gleich, wie ein Kochlöffel sündigt, der über euren Köpfen kreist."

"Das ist schlecht Mutter. Wenn er zu viel herumkreist, wird dein Arm lahm und fällt ins Koma."

Vorsichtshalber decken die Söhne mit den Händen ihre Köpfe ab, denn die Heimtücke der Mutter ist grenzenlos.

"Noch habe ich zwei gesunde Arme. Also reizt mich nicht, es heute auszuprobieren."

Ein wenig besorgt und unsicher vor möglichen Attacken schielen die Knaben zur Seite und nicken wie brave Esel mit ihren Köpfen. Immer diese leeren Versprechungen. Dieses falsche Getue geht ihnen auf den Senkel. Davon können die Fliegen an der Zimmerdecke tot herunterfallen. Dann brauchen sie nicht auf die Hitze der Lampe zu warten, die ihnen das Lebenslicht aussaugt.

Manchmal ist es besser, wenn der Knabe den Doofen vorspielt, so einen Kerl ohne viel Grips mit diesen blöden Angewohnheiten, die fast jeden Gegner zur Verzweiflung treiben.

Ob der Vater ähnliche Macken hat und seiner Familie nur den armen Kerl vortäuscht, damit er mit Genuss seine prügelnden Keulen herumschwingen kann?

Die Großmutter war in ihren besten Jahren auch kein Mensch von trauriger Gestalt. So wie sie mit ihren feurigen Liebhabern zügig umgesprungen ist, hat sie manche trübe "Tasse" um ihren Finger wickeln können. Da gibt keiner es gerne zu, wo der böse Wolf im Schafsfell hockt und über den eigenen Schatten springen möchte. Keiner möchte im Blickfeld des Anderen als möglicher Versager angeprangert werden, weil er als stilles Wasser auf die Welt kam und den Einstieg in eine heißblütige Gesellschaft zu lahmarschig ansteuerte.

Jetzt, wo das Wachstum der Kinder in eine vorentscheidende Fase des Lebens gerät, schießen die Notlügen über den Verstand hinaus und werden im christlichen Sinne arg ins Gebet genommen.

Nicht immer ist ein Draufgänger und Lebemann auch ein besonders frommer Mensch, weil er regelmäßig zur kirchlichen Andacht kommt und dabei die Heilige Kommunion empfängt.

Es heißt doch: Nicht jeder ist seines Glückes Schmied ,und der Mensch lebt nicht vom Brot allein!

Ein richtiges Fühlen und Denken miteinander wäre ein großer Segen für die Zukunft.

Zu oft wird ein ausgesprochenes Wort auf eine falsche Fährte gelockt, was zu heiklen Missverständnissen führt, die kein Mensch wahr haben will. Doch wenn die große Ernüchterung kommt, ist es meistens bereits zu spät, den begangenen Fehler zu korrigieren. O mein Gott, sie begreifen es nie. Sie werden sich und die Anderen weiterhin belauern und auf die Füße treten, bis ihre Füße und der Verstand verfault sind. Dann kehrt endlich der Frieden ein.

*

Der surrende Draht

Hinter den Bahngleisen des kleinen Bahnhofs am Ortsrand beginnt
ein Zufahrtsweg zu einer außerhalb gelegenen Landwirtschaft, die
etwa 50 Fuß vor einer Autobahntrasse angesiedelt ist.
Kurz dahinter am Waldrand ist eine Tonabbauhalde, die sich im
Naturschutzgebiet eines Gemeindeforstes befindet.
Auf halber Strecke des verbindenden Landweges fließt ein ruhiger
Bach zwischen einzelnen Güter der Landwirtschaft hindurch und
versorgt die angrenzenden Kuhweiden und Äcker mit ausreichendem
Regenwasser und anderen Fließelementen wie Schnee und Eis.
Gleich rechts neben dem eisernen Brückensteg dösen ein Dutzend
schwarzweiß gefleckte Rindviecher auf einer rechteckigen Kuhweide
und wollen nicht belästigt werden. Die Weidefläche ist mit einer
elektrisierenden Drahtumzäunung gegen das Ausbrechen der Rinder
gesichert.
Von einer verhaltungsgestörten Macht beeinflusst, werfen einige
Knaben nur zum Spaß mit flachen Gesteinsbrocken über die weite
Grasebene. Dabei verirren sich einige Kieselsteine bei den ruhig
grasenden Wiederkäuer, die gerade ihrer ausgedehnten Fressorgie
frönen.
Es sind verschiedene Wurftechniken, mit denen sich die Gehirne
der Kindsköpfe beschäftigen, bevor die leichten Kieselbrocken
pfeilschnell mittels einer böigen Luftwirbelung den anvisierten
Zielorten entgegenzischen. Die erhoffte Trefferquote ist nahezu
katastrophal. Nur ganz selten findet ein Minigeschoss eine dicke
Kuhhaut. Dann führt eine verwirrte Tierseele einen theatralischen
Weidetanz vor. Das macht die aufgescheuchten Rindviecher flexibler

und lebhafter. Vor überschwenglicher Freude hopsen, brüllen und schielen sie um die Wette. Oder sie imitieren den Goldesel und lassen eine Schaufel voll schweinischen Dung auf die Grashügel klatschen. Das bewirkt ein gutes Düngemittel für den neuen Bestand der heranwachsenden Gras- und Unkrautpflanzen. So ist stets ein gewisser Fressvorrat gesichert.

Dabei verbleiben die Zugucker auf Distanz und erfreuen ihre Seele mit einer gelungenen Tiernummer, welche hier auf der Naturbühne der Kuhweide abläuft.

"Heh Jungs, schaut euch diese brüllende 'Grasnudel' an, wie sie ihren gefleckten Bademantel hin- und herschwenkt." ,ruft Hajo in die Freundesrunde hinein.

"Das sind klassische Ballettschritte." ,erklärt Michael.

"Eure Freunde rufen und wollen einen Tip von euch haben." ,sagt Anton rätselhaft.

"Diese lustigen Rindviecher haben eine Ladung zu viel Haschisch geschnüffelt." ,ulkt Michael herum und lacht über seinen eigenen Witz.

"Hast du Esel schon einmal dieses Rauschgift auf'ner Weide wachsen gesehen?" ,fragt das Großmaul Anton.

"Nee Besserwisser. Ich hatte nur das verschimmelte Unkraut gemeint und nicht deine komischen Fantasien."

"Ach so. Ich dachte, du willst mit den Rindviecher ein stinkendes Pfeifchen qualmen."

"Michael hat so ein Kraut daheim im Garten angepflanzt, um die 'Bullen' zu foppen." ,sagt Peter und bekommt einen roten Kopf. Plötzlich knallt es in seiner Lederhose. Er hat einen harten Furz gelassen. Die Freunde können es kaum fassen, was dort in ihrer

Mitte abgeht. Vorsichtshalber halten sie ihre Nasen zu, obwohl
so ein winziger Luftzug kaum mit der Scheißerei der Kühe auf der
Weide zu vergleichen ist.
"Du Drecksau stinke lieber deinen Ziegen etwas vor. Sie sind den
Gestank gewöhnt." ,meckert Anton.
"Jagen wir ihn doch zu den Viecher auf die Weide. Da kann er mit
den Gleichgesinnten um die Wette scheißen." ,meint Jonas.
Alle müssen heftig lachen. Unvorsichtig ist Hajo zu nahe an den
surrenden Draht geraten und zuckt plötzlich wie von einer Biene
gestochen zusammen. Ein leichter Stromschlag hat den dämlichen
Träumer aufgeweckt und ihn an seine letzten Sünden erinnert.
"Hat dir ein Frosch auf den Fuß getreten und dabei hast du vor
Schreck in die Buchs geschissen, so blass wie du bist?"
"Sehr komisch du Brillenschlange. Komm rüber, und ich zeige dir
zwei knutschende Elfen. Sie posieren vor dem Zaunpfahl rum."
Kaum hat Hajo die winzigen Fabelwesen erwähnt, da bricht lautes
Gelächter aus. Niemand kann ernst bleiben. Ungläubig wackeln die
Freunde mit ihren Köpfen, weil sie nicht an den Spuk glauben.
Übermütig drücken sie Michaels rechtes Bein an die elektrisierende
Sperre. Entsetzt schreit der erschrockene Maulheld auf.
"Aua aua. Seit ihr noch zu retten, ihr linken 'Hunde'?"
"Wir wollten dir nur die Elfen und Frösche zeigen." ,erwidert
Jonas.
"Ihr gemeinen Bengels. Hier sind keine Elfen."
"Jetzt bist du zu spät." ,sagt Anton. "Sie sind vor´ne Minute
ausgerissen."
"Was nicht da war, kann unmöglich fliehen."
"Bist du aber kindisch Michael. Da sind nur 12 Volt Stromspannung

drauf." ,erklärt Anton.

Der Bruder hat einen halb getrockneten Grashalm ergriffen und hält ihn mit der Halmspitze an den Draht. Nichts rührt sich. Kein Stromstoß durchzuckt den dummen August. Anton schüttelt den Kopf und verstreut erneut seine Weisheiten.

"Du dumme Nuss, trockene Gegenstände leiten keinen Strom weiter."

"Das habe ich bereits selber bemerkt, du Schlauberger."

"Versuche es mit einem grünen Blatt." ,rät Peter und grinst sehr verdächtig. Doch Hajo ahnt, dass da etwas faul ist.

"Ich bin nicht blöde." ,kontert er.

"Heh Jonas, fass hier mit an." ,flüstert Michael.

Listig wollen sie dem ahnungslosen Peter einen netten Gruß des Vertrauens auf sein Fell drücken. Im Nu ist das erwählte Opfer ergriffen. Jeder hat eine blanke Hautstelle ergriffen, damit eine Kettenreaktion ermöglicht wird. Nur der Vordermann fasst direkt den surrenden Draht an. Jetzt fließt der Strom über eine Umleitung direkt in Peters Leib hinein, der wie vom Blitz getroffen heftig zuckt. Das hat gesessen. Für eine Gegenwehr blieb keine Sekunde übrig. Schurkenhaft haben die Weggefährten den Ziegenhirten kalt erwischt und ihn überrumpelt.

"Aua aua." ,schreit Peter auf. "Was seit ihr für Teufel?"

"Das war der Jonas. Er hat vier Hände." ,erwidert Anton.

"Ich dachte, ein Elch hätte mich getreten."

"Da hat dir der Teufel einen Tritt verpasst."

"Irgendwann bekommt er den Tritt zurück." ,sagt Peter.

"Das war eine heiße Überraschung oder?" ,fragt Hajo.

"Nee. Überraschungen gibt es erst zu Weinachten." ,scherzt Anton.

"Bei euch hinterfurzigen Gesellen muss man stets auf der Hut sein.

Euch darf man keine Sekunde aus den Augen verlieren." ,sagt Peter.
"Heh ihr falschen Fünfziger, lasst den Ziegenbock in Ruhe." ,ist
eine Stimme aus dem Hintergrund zu hören.
Unbemerkt schleicht Anton um Michael herum und flüstert ihm ins
Ohr hinein:"Machen wir einen lustigen Stromkreis mit dem Benjamin.
Jetzt ist er abgelenkt und merkt es nicht."
Heimlich schleichen die Verschwörer auf ihr neues Opfer zu und
führen ihren Anschlag aus. Hat der arme Junge das verdient?
Wie ein kurzer Hammerschlag haut es in den Knabenkörper hinein.
Einige Sekunden bleibt das Opfer im Gras liegen. Es verharrt da,
als wäre es gelähmt. Das schockiert die Freunde, weil sie glauben,
es ist etwas ernsthaftes passiert. Doch Hajo hat sie absichtlich
genarrt. Als er sein Schauspiel beendet und sich aufrafft, sagt
er:"Ihr hinterlistigen Strolche habt mich fast zu Tode gemartert."
"O wie gresslich." ,sagt Jonas. "Er ist verletzbar. Er muss ein
Mensch sein."
"Das war ein versuchter Meuchelmord." ,spielt Hajo den Gekränkten.
"Hast du gehört Anton? Dein Bruder denkt, er ist der Ritter des
Rechts."
"Dafür bekommt er sicherlich einen Orden verliehen."
"Du meinst, er erhält den Orden 'Wider den tierischen Ernst' oder
so ähnlich." ,flachst Peter.
"Ihr blöden Faschingskamele. Niemand wird dem Zorn des Gerechten
entgehen." ,trumpft Hajo auf, als wäre er der liebe Gott, der
die Sünder zur Einsicht ermahnt.
"Quak quak quak. Dort hüpft ein riesiger Frosch herum." ,sagt
Jonas und zeigt auf einen nahen Weidenfleck.
"Das sind zwei verliebte Frösche im Huckepack." ,erklärt Anton.

"Wo sind die jecken Rammler?" ,fragt Peter neugierig.

"Da hinten fliehen sie." ,erwidert Hajo. "Sie haben angst vor euch und verzichten auf eure schmerzhaften Bekanntschaften."

"Dann quake du weiter mit den Fröschen. Das ist uns lieber so."

"Feige Bande. Habt ihr angst vor Fröschen?" ,fragt Hajo.

"Bei so einem lahmen Frosch wie du es bist, schauen wir garnicht hin." ,antwortet Anton. Er spielt wieder mal den großen Mümmelmann und blinzelt listig zu seinen Freunden hinüber. Was mögen diese Helden wieder teufliches ausbrüten?

Lieber einen Sicherheitsabstand einnehmen, um vor scheinheiligen Übergriffen vorgewarnt zu sein. Noch einmal möchte Hajo nicht in die flinken Fangarme dieser kleinen Krümelmonster geraten, die ihren Spaß daran haben, unvorsichtige Träumer auf´s Glatteis zu führen.

Plötzlich überfallen drei flinke Gestalten den unerschrockenen Großkotz, diesen Angeber der Hohlköpfe, und drücken ihm großzügig eine geballte Stromladung auf den Pelz.

So ein arg listiger Griff in eine schwarze Lotterbubenseele bringt neue Erkenntnisse an den Tag. Ein sehr verstörter Schreihals wurde erhört. Er stöhnt und jammert, als hätte der leibhaftige Satan ihn geküsst. Anton ist sehr erbost. Er kann kaum verstehen, wie die Freunde den fidelen Anführer so auf´s Kreuz legen konnten. So wie mir, so ich dir, scheinen sie gedacht zu haben, als sie ihren Plan in die Tat umsetzten.

"Ihr seit mir vielleicht nette Kumpels, mich so rüpelhaft in diese brenzliche Situation zu bringen."

"Entschuldige Chef, das war ein Versehen." ,lenkt Michael ab.

"Von wegen ein Versehen. Das habt ihr mit Absicht getan." ,sagt

Anton und ist sichtlich verärgert. Das wurmt ihn innerlich sehr.
"So ein harmloser Streich." ,meint Peter.
"Harmlos nennt ihr das?"
"Klar, wie bei den Anderen." ,erwidert Jonas.
"Ich wäre fast gestorben."
"Schon wieder ein Scheintoter." ,sagt Michael. "Das muss in der Familie liegen, dass hier bereits zwei Brüder tot umgefallen sind und doch noch weiterleben."
"Zu euch bösen Buben kommt bald der Teufel." ,schimpft Anton.
"Er frisst feige Ratten zum Frühstück."
"Ach wie rührend." ,sagt Peter. "Mir kommen gleich die Tränen."
"Dann vergiße eine Träne für mich mit." ,scherzt Hajo.
"Bei so einem Wickelkind ist das der normale Alltag." ,erklärt Jonas kess.
Lautes Gelächter übertönt das Herumblöken der agilen Rindviecher. Auch sie wollen ein wenig Spaß haben, wenn die Menschen übermütig sich gegenseitige Qualen zufügen. Das gleich die Miss-Stände in der Natur aus. Erneut spielt Anton den Fels in der Brandung. So leicht jagt ihn keiner ins Boxhorn, und von Säuglingen lässt er sich nicht anknabbern. Wundersam ist die alte Laune zurückgekehrt.
"Hat unser Nesthäkchen wieder mit den Fröschen gespielt?"
"Vorsicht Vierauge. Da hüpft gerade eine Unke auf deine Nase."
"Die fange ich ein und hänge sie an die drahtige Wäscheleine zum Trocknen auf. Dort kann sie munter die angenehmen Zuckungen üben."
Hajo kennt diese einstreuenden Kalauer zugut. Sie flattern wie Schuppen in seinen Schoß. Hajo hätte jetzt zwischendurch lieber einen Imbiss genossen. Nur hier an der Weide ist nichts essbares zu entdecken. Daher muss er weiterhin fasten und blöde Sprüche

verzehren. Das ist besser, als nur nach Atemluft zu schnappen.
"O jeh o jeh. Der Ziegenknecht schärft seine Hufe." ,sagt Jonas.
"Ist ja toll, was du da alles siehst." ,meint Anton.
"Er könnte mit den Hacken eine Briefmarke abstempeln."
"Ihr wollt ein Postamt eröffnen?" ,fragt Hajo.
"Das wärs. Da könnte der sonderbare Tierfreund den Fröschen ihre
Liebesbriefe zustellen." ,erklärt Michael.
"Witzbold. Ich mag keine Froschschenkel sehen."
"Du sollst sie nicht essen." ,sagt Peter.
"Passt lieber auf, dass sie euch nicht auf die Füße treten."
"Wenn uns ein Wesen tritt, dann ist es ein Ziegenbock." ,sagt
Anton spaßig.
"Das würde der Bock kaum überleben." ,brüstet sich Jonas.
"Jagt diesen Tierquäler weg." ,sagt Hajo bestürzt. "Er tut uns
nachher etwas zuleide."
"Halt die Luft an, du Krötenfreund. Unkraut vergeht nicht." ,sagt
Peter und grinst vergnügt in die Runde. Er zeigt den Freunden
eine Kopfnuss vor. Sie zucken zurück, als wollte der Ziegenhirte
sie bedrohen. Plötzlich zeigt Anton auf des Peters Hinterteil
und sagt:"Seht euch bloß diese ausgebeulte Hose an. Man könnte
glauben, er habe in die Hos´ geschissen."
"Vielleicht will er seine Geheimnisse vor uns verbergen." ,fügt
Michael hinzu.
"Ist denn Ziegenscheiße ansteckend?" ,fragt Hajo kleinlaut.
"Sie brennt auf der Haut wie die Pest." ,sagt Michael und lächelt
verstohlen. Dabei funkeln seine kastanienbraunen Augäpfel.
Den quirligen Anton durchzuckt ein fetziger Gedankenblitz, den
er bei seinem Bruder zur Anwendung bringen will. Und das hört

sich folgendermaßen an.

"Daher flennst du immer, wenn du in die Scheiße fällst."

"Warst du dabei?" ,fragt Peter.

"Ich laufe doch nicht den Rindviecher hinterher."

"Er hat sich nur in der Person geirrt." ,sagt Jonas.

"Das ist doch belanglos." ,zischt Anton dazwischen. "Ob er oder ein Anderer in den Kuhfladen fällt; Scheiße bleibt Scheiße."

"Ihr müsst euch das gute Zeug in die Haare schmieren. Es fördert das Wachstum." ,meint Jonas.

"Deshalb stürzen die Fliegen und Mücken auf diese Scheißhaufen. Sie wollen unbedingt größer werden und herumgammeln wie hier bei uns diese langmähnige 'Ratte', die mit einem M anfängt."

Genüsslich jauchzen die Knaben. Auch die Tiere sind begeistert. Alle blöken gemeinsam im Chor. Die Einen amüsieren sich vor dem surrenden Draht, und die anderen Trampeltiere dahinter.

Es hat äußerst viel Spaß gemacht, neuen Leidensgenossen über den Weg zu laufen und dort den liebevollen Tröster zu spielen, wo die Not am dringendsten gebraucht wurde.

Jetzt ist die Zeit des Aufbruchs gekommen. Ade ihr faulen Rinder. Lasst den anderen Hungerleider noch etwas übrig, damit auch sie ihren inneren Frieden finden können.

Recht munter hat es anfangs begonnen. Nun hat der surrende Draht gewonnen.   *

Klärchens Kaufladen.

Einmal pro Woche geht Großmutter Sophie zu ihrer Freundin Klara
in den Tante-Emma-Laden, um ein heiteres Schwätzchen zu halten.
Es ist ein solides Kaufmannsgeschäft mit vielen Lebensmittel und
einer ansehnlichen Gemüseecke dazu.

Das meiste Frischgemüse wächst im eigenen Garten heran und wird
auf dem Wochenmarkt in der nächsten Kleinstadt zum Verkauf feil
geboten. Es ist eine zusätzliche Einnahmequelle, die das Überleben
etwas angenehmer gestaltet.

Auch wenn der große Aufwand an Arbeit und Fleiß mit sehr viel
Kraft und Energie verbunden ist, so möchten diese einfachen Leute
keine Minute ihrer wichtigen Aufgabe vermissen. Dabei kommt eine
verdiente Rast den eifrigen Pfennigfuchsern gelegentlich äußerst
gelegen.

Um einen gedeckten Kaffeetisch herum hocken einige frohgelaunte
Weiber eines 500-Seelen-Ortes und schwätzen ausgelassen über den
neu zugetragenen Dorfklatsch. Es ist eine Runde geselliger Damen
im fortgeschrittenen Alter, die hier in einem Hinterhalt ungestört
ihrer Lieblingsbeschäftigung frönen können.

Schritt für Schritt kämpft Sophie von ihrer Behausung aus keuchend
mit einer schwerfälligen Gangart gegen die einsetzenden Qualen
ihrer Altersschwäche an. Schwerlastig drückt das Körpergewicht
auf die aufgedunsenen Beine, die von der Wassersucht heimgesucht
werden.

Es ist eine unbeschreibliche Pein, die jede weitere Fortbewegung
in eine mehr schleichende Fase verwandelt. So sind zwei bis vier
Fußstops notwendig, um die Distanz zum Laden der Geschwätzigkeit

ohne weitere Gesundheitsschäden zu überbrücken.

Erst das hell erklingende Messingglöckchen hinter der Eingangstür beim Eintritt in den Kaufmannsladen kündigt einen neuen Besucher an, der als möglicher Dauerkunde sehr freundlich empfangen wird. Nach wenigen Schritten über einen schmalen Korridor durch die Gemüseauslage ist der angesteuerte Kaffeetisch erreicht. Ein Stuhl aus Buchenholz steht schon bereit, um Sophies vorläufige Leiden ein wenig zu lindern. Es ist eine harte Sitzunterlage, auf das dieses massige Körpergewicht der alten Frau wie ein Felsbrocken herabplumpst.

Jetzt ist eine Tasse mit heißem Bohnenkaffee genau das passende Wundermittel, das einen kleinen Schwächeanfall beseitigt und das angeschlagene Gemüt aufmuntert. Schnell ist das willkommene Wort in der lustigen Gemeinschaft eingegliedert und verhilft diesem fidelen Kaffeekränzchen zu neuer Eleganz und Schunkelstimmung. Es ist eine willkommene Abwechslung im rauhen Klima der heftigen Wettbewerbskämpfe um einen konkurrenzfähigen Platz in der besten Gesellschaft.

Sobald Enkel Hajo in greifbarer Nähe ist, so darf er mutig die schwere Last der Einkaufstasche für Sophie heimtragen. Dann ist die alte Dame glücklich und nicht mit neuen Problemen überfordert. Als der hilfsbereite Enkel den Tante-Emma-Laden betritt, ertönt aus einem Nebenraum eine hellhörige Frauenstimme.

"Einen Augenblick bitte, ich komme gleich."

Überaus neugierig starren die Kinderaugen in der Vorhalle auf alles, was sie in kürzester Zeitspanne erfassen können. Ein recht seltsames Stimmengewirr dringt von nebenan herüber. Was mag dort so geheimnisvoll vorgehen? Wird dort eine verbotene Versammlung abgehalten oder möchten die Tratschweiber bloß unerkannt agieren? Gerade ist eine halbe Minute vergangen, da tritt die Tante Klara in Hajos Blickfeld und fragt netter Weise:"Na junger Mann, suchst du deine Großmutter?"

"Jawohl. Sie ist vorhin hier hereinspaziert." ,erwidert er.

Die Ladenbesitzerin geht zu einem textilen Türvorhang und drückt ihn zur Seite, um dort durchzuschlüpfen. Danach ruft sie in die Kaffeerunde hinein:"Sophie, dein Enkel ist da und will bestimmt ein paar Bonbons haben."

"Führe ihn zu mir herein, dann kann er mir nachher die aufgefüllte Einkaufstasche nach Hause tragen."

Nachdem Hajo den schlecht beleuchteten Raum betreten hat, sitzen da vier fröhliche Dorftanten um einen rechteckigen Tisch herum und schauen den verdutzten Jüngling so sonderbar an, als wäre er ein wundersames Wesen von einem anderen Stern.

"Ist der Kleine aber putzig." ,sagt eine ältere 'Schachtel' mit großen Falten im Gesicht, als würde sie einen süßen Köter meinen.

"Guten Tag." ,kommt eine zaghafte Knabenstimme hervorgekrochen. Der Enkel ist ein wenig schüchtern. Als er jedoch die vielen bunten Leckereien in den spiegelnden Glaskaraffen entdeckt, ist er kaum noch zu bremsen und steuert schnurstracks auf sie zu. Ruhig und intensiv wird die einladende Auslese betrachtet. Das sieht alles sehr lecker aus. Ob es auch so schmecken mag?

Sophie hat ihren Enkel eine Weile beobachtet und sagt erfreut: "Lass´ dir genug Zeit, bis ich meinen Kaffee ausgetrunken habe."

"Geht klar Omi. Darf ich mir etwas Schönes aussuchen?"

"Aber nur eine Hand voll." ,antwortet Sophie.

Vorsichtig rückt Hajo den Glaskaraffen zu Leibe. Die Glasstöpsel

stecken sehr fest, weil sie zu heftig eingepresst wurden. Klara
hat das Abmühen des Jungen erblickt und kommt sofort zu Hilfe
geeilt. Mit ihren geübten Handgriffen sind die störrischen Deckel
rasch entfernt. Nun steht der vielversprechenden Auswahl nichts
mehr im Weg. Doch sie ist groß, und Hajo darf kaum alle Sorten
vorher probieren, welche süßen Dinger am Besten schmecken.
"Welche Bonbons dürfen es denn sein?" ,fragt Klara.
Hajo guckt hin und her. So eine wichtige Entscheidung ist schwer.
Soll er da oder dort? Na kurzer Überlegung anwortet er und zeigt
mit einem Finger auf die Ware, die er ausgewählt hat.
"Hiervon möchte ich zwei und davon zwei und dortvon drei und von
diesen Bonbons auch drei."
"Ach du liebe Zeit, der Junge räumt mir nachher noch meinen Laden
aus." ,sagt Klara verwundert.
"Das sind nur 10 Bonbons. Es ist nur eine Hand voll. So ist es
doch abgemacht worden." ,erklärt der Enkel.
"Meine Güte, ist der Junge schlau." ,sagt Klara zu ihrer Freundin.
"Gib ihm das, was er haben möchte. Ich bezahle es mit." ,sagt
die Großmutter und schmunzelt mit den anderen Frauen um die Wette.
Das fängt ja gut an, denkt Hajo. Nun ist sein Hals trocken und
lechzt nach einer kühlen Erfrischung. Die Großmutter hat vorhin
erzählt, der Enkel soll bekommen, was er verlangt. Das ist prima
so. Nun will er Sophies Gutmütigkeit auf die Probe stellen und
fragt zögerlich:"Könnte ich etwas zu trinken bekommen?"
"Hast du es gehört Sophie, der Junge ist durstig?" ,mischt sich
die dürre Wilma ein. Sie sieht aus, als wäre sie magersüchtig.
"Was willst du denn trinken?" ,fragt die Großmutter.
"Limonade oder Coka Cola. Es ist mir egal." ,antwortet Hajo brav.

"Gib ihm Limonade. Die Cola soll für Kinder schädlich sein, weil
dort Coffein drin ist."
"Ist mir recht Omi; Hauptsache, sie schmeckt."
Zufrieden gestellt nuckelt Hajo durch einen Strohhalm den Saft
in seinen Mund. Immer wieder schielt er dabei zu den vielseitigen
Lebensmittel hinüber. Was es dort alles für leckere Sachen gibt.
Sie stehen auf mehreren Schränken und Regalen verteilt und warten
auf das gute Herz der Käufer. Was wird die Großmutter davon in
ihre Einkaufstasche stecken?
Schwer wird die aufgebürdete Last sein, die der arme Junge nach
Hause schleppen darf.
Sophie fühlt sich hier unter Gleichgesinnten sehr wohl. Sie reden
und lachen und strahlen über beide Gesichtsbacken hinaus. Da hat
er noch einige Minuten zur Verfügung und kann in Ruhe die feinen
Lakritzschnecken näher betrachten. Sie könnten Hajo gut munden.
"Wie schmecken denn diese schwarzen Dinger hier?" ,fragt er mutig.
Klara ist erstaunt, dass der Junge nun sein Interesse für ein
neues Objekt zeigt, welches ihm sehr angetan ist.
"Ok mein Junge. Ich schenke dir eine Schnecke zum Probieren, damit
deine Großmutter nicht verarmt und mir hinterher die Ohren voll
jammert."
"Ich danke dafür." ,sagt Hajo höflich und knabbert gleich die
aufgerollte Lakritze an. Sie scheint gut zu schmecken. Alle Weiber
schauen neugierig herüber und warten auf das nächste Interesse.
Aber die Großmutter hat jetzt genug herumgehockt und rüstet zum
baldigen Aufbruch. Mit zwei restlichen Schlückchen hat sie ihre
Kaffeetasse geleert. Zwei kräftig zupackende Frauen helfen Sophie
sicher auf die Beine. Alleine hätte sie große Mühe gehabt, von

der Sitzgelegenheit hochzukommen.

Sophie zeigt unvorzüglich ihren Einkaufszettel vor, damit kein Artikel vergessen wird. Es werden zwei Büchsen, ein Glas Gurken, Brotscheiben im Beutel, 500 Gramm Butter, ein Ring Fleischwurst, etwas Käse in Scheiben, zehn Eier und ein Scheuertuch eingepackt. Und oben drauf legt Klara noch zwei Flaschen mit Zitronenlimonade. Es ist eine ganze Menge eingekaufter Waren, die Hajo schleppen soll. Dafür braucht der schmächtige Knabe viel Pauer, die man bei ihm kaum vermuten würde.

Mit zwei kräftigen Zügen durch den Strohhalm ist der Rest der Limonade ausgesaugt und heruntergeschluckt. Nun ist Hajo bereit.

"Hast du nichts vergessen?" ,fragt er die Großmutter.

"Lass mich überlegen." ,erwidert sie. "Ach ja, eine Schachtel mit Zündhölzer brauche ich noch, sonst kann ich zuhause im Herd kein Feuer anfachen."

"Da bin ich aber froh, dass es nicht mehr geworden ist. Ich hätte sonst Vaters Handwagen holen müssen, um alles Zeug transportieren zu können."

"Wo hat der Junge nur diese Redensart her?" ,fragt Klara.

"Die Kinder rennen oft oben auf dem Sportplatz herum, wo jedes Jahr dieses Gesocks der Zigeuner herumlungert. Von ihnen haben die Jugendlichen schnell etwas aufgeschnappt, was eigentlich kaum für ihre Ohren bestimmt ist." ,antwortet Sophie.

"Da hast du recht. Aus dem Dorf unternimmt keiner etwas, um diesen Schandfleck zu beseitigen." ,zischt die vorlaute Wilma dazwischen und hebt schimpfend ihre rechte Hand hoch. Alle Zuhörer nicken zustimmend mit ihren Köpfen wie dumme Esel, die keine eigene Meinung vorbringen können.

Das Beipflichten fällt allen leicht. Doch sobald sie eine eigene Entscheidung treffen sollen, verschlägt es ihnen die Sprache und sie verstummen.

Nachdenklich blickt Sophie auf die schwere Last, die der Enkel nach Hause tragen soll. Sie bezweifelt die Stärke des Knaben, der ohne Widerrede beschlossen hat, seine Hilfe zu verwirklichen. "Wenn dir die Einkaufstasche zu schwer wird, stellst du sie auf die Erde ab und legst eine kurze Verschnaufpause ein."

"Ja Omi, das mache ich so, wie du es willst."

"Zuhause habe ich für dich auf dem Stubenschrank noch eine kleine Überraschung hinterlegt." ,erzählt die Großmutter.

Das hat sie geschickt eingefädelt. Hier und dort ein Geschenk zur rechten Zeit, und der hilfsbereite Junge kann der Verlockung nicht widerstehen. In seinen Gedanken hat sich bereits die schwere Last um ein Drittel reduziert. Frohen Mutes denkt er an die Zeit nach der Rückkehr, wo er als gefeierter Held von allen Seiten her gelobt wird. Aber jetzt sieht die Wirklichkeit etwas anders aus. Hajo hofft auf ein Wunder, bei dem die Last wie von einer Zauberhand geleitet mühelos über den Erdboden schwebt. Doch Gott hat jetzt keine Lust, dem Hajo seine auferlegte Bürde zu erlassen. Er hat es sich selbst eingebrockt und muss nun damit fertig werden oder passen. Wer abkassieren möchte, darf kein Faulenzer sein. O mein Gott, was hast du mir da für eine Schuld aufgeladen? Hajo muss nun die heiße Suppe auslöffeln, und keiner löffelt mit. Glücklich und vorerst zufrieden gestellt nimmt Sophie von Klara und den Klatschtanten rührselig Abschied. Das hat ihr gefallen. "Habt vielen Dank für alles, den guten Kaffee, die Limonade, die Süßigkeiten und die nette Plauderstunde. Macht es gut ihr Lieben."

"Ist gut Sophie. Ich danke auch für deinen lieben Besuch und hab einen angenehmen Heimweg. Lass dich bald mal wieder blicken."
"Wenn ich besser laufen kann, komme ich gerne vorbei."
Das sind Sophies letzte Worte, bevor das Messingglöckchen beim Austritt des Tante-Emma-Ladens die Eingangstür von außen schließt. Jetzt sind für den armen Knaben die langen Minuten der Bewährung gekommen.
Kräftig ziehen die schmalen Lederriemen der Einkaufstasche am Schultergelenk des zweibeinigen Lastenträgers. Mehr torkelnd führt Hajos Schrittfolge über den Asphalt der Nebenstrassen. Mächtig schwankt der Knabenkörper hin und her. Es sieht so aus, als wäre das schleppende Kind leicht betrunken. Es ist ein auffälliges Zeichen von geistiger Schwäche.
Nach 20 Meter Wegstrecke ist die erste Rastfase unvermeidbar. Hajo hat erste Merkmale einer leichten Erschöpfung gespürt. Zwei Minuten später wird die andere Schulterseite mit der schweren Last konfrontiert. Ein neuer Alptraum beginnt, der nicht enden will. Rasch machen alle Gliedmaße schlapp. Nur der eiserne Willen trägt zu dem Versprechen bei, was der Enkel seiner Großmutter gegeben hat.
Mit allen Mitteln eines Sieges vor Augen vergehen weitere Minuten einer zähen Kämpfernatur, bis alle Lebensmittel mitsamt dem müden Lastesel im Elternhaus eintreffen. Schwer gezeichnet fällt der abgekämpfte Knabenkörper in Sophies Wohnstube in den weichen Sessel. Die Großmutter ist zufrieden gestellt und überglücklich. Mit einem erfreulichen Mienenspiel erhält Hajo seine versprochene Belohnung. Jetzt will er nur noch ausspannen und an bessere Zeiten denken, um für neue Aufgaben erfrischt gerüstet zu sein. *

Mundraub reizt immer wieder

Still und verträumt liegt gegenüber einer Kapelle der verborgene Garten Eden des seligen Herrn über Kühe und Schweine, Enten und Hühner, Katzen und Pferde.

Eine bäuerliche Einöde zwischen einem Ferkelstall und einem Gehege für Ziegen und Schafe verschönert ein süßes Fleckchen Erde, das es den unverbesserlichen Schleckermäuler des Dorfes sehr angetan hat.

Bauer Bulli liebt sein edles Paradies, und die kleinen Naschkatzen lieben die reifen Früchte, bevor sie in falsche Hände geraten. Jede einzelne Gemüsepflanze gedeiht unter der Obhut fleißiger Leute und soll den armseligen Überlebenskampf einer kinderreichen Familie mit frischem Gemüse und leckeren Früchten unterstützen. Rund um das landwirtschaftliche Anwesen lauern düstere Gestalten und ungeahnte Gefahren, die das Leiden der Guten in das Böse der Neider verwandeln möchten.

Da wollen die kleinen Sünder die stacheligen Drahtverhaue erproben und dem scharfen Hundegebiss des alten Hofwächters auf den Zahn fühlen. Dort wo ist Schmerz und Leid, da ist der Mundraub nicht weit.

Manche Kinder wollen einfach nicht hören. Sie möchten selbst ihre Erfahrungen sammeln, wie sie die Schmerzen und Leiden mit anderen teilen. Sie wollen in die verbotenen Zonen, wo Maulwürfe und die Schnecken wohnen.

Rechts entlang der steinigen Gasse ist der Garten zur einen Hälfte mit einem mannshohen Zaun und im Anschluss mit einer hohen Mauer versehen, auf der zur Mitte hin ein zackiger Stacheldraht einen schnellen Überflug verhindert.

Weniger stachelig wäre ein großer Umweg durch das mächtige Tor der angrenzenden Scheune oder über die leerstehenden Räume der baufälligen Stallgebäude, wo der Schweinestall mit seinem davor liegenden Misthaufen so entsetzlich stinkt.

Hinter der Scheune geht es an einer hölzernen Hundehütte vorbei, wo der jaulende Wachhund an einer langen Eisenkette angebunden auf einen saftigen Fleischhappen wartet. Eine schnelle Einsicht kann hier niemals schaden oder vor Schaden bewahren. Da müssen die neidvollen Blicke der umherkreischenden Hexen und hochnäsigen Tratschtanten noch etwas warten, so wie die fast gereiften Beeren noch ein wenig warten müssen.

Wenige Tage später liegen die umherstreunenden Mundräuber in der Nähe des neuen Tatortes auf der Lauer und warten auf eine günstige Gelegenheit. Wenn der Köter nicht bellt, so schläft er, oder er knabbert an einem Hundeknochen herum, so wie der stets nervöse Anton an seinen Fingernägel herumknabbert, wenn er aufgeregt auf den Startschuss wartet, um mit den Freunden fast lautlos über die Drahtsperre zu klettern.

Auf Kommando geht es dann los, und der Stachelzaun zwickt an der Hos´. Es geht hoch über die Mauer, wenn da lauert kein Bauer. Hinweg über den Draht und heruntergesprungen in den Gartensalat. Nun brauchen die Beeren nicht länger zu warten. Jetzt stehen die gewitzten Lausbuben im verbotenen Garten. Sie ergreifen mit einer zärtlichen Harmonie die lockenden Früchte, die klein oder groß zuversichtlich auf ihre Befreiung warten.

Besser kann es für die Naschkatzen kaum laufen. So braucht keine eine Beere zu kaufen.

Der stämmige Peter ist hochgradig begeistert, so wie er seinen Mundraub meistert. Alle sagen unverdrossen, bis jetzt hat keiner auf uns geschossen.

"Lecker lecker sind die süßen Beeren." ,sagt Hajo erfreut.

"Du hast recht Bruder. Sie schmecken besser, als diese aus unserem Garten."

"Ihr sollt sie nicht bewundern, nur abräumen." ,sagt Michael.

"Bei dir Hasenfuß ist das kaum ein Problem." ,sagt Anton.

"Hast du deine Scheiben geputzt?"

"Noch kann ich die Farbe Rot von Grün unterscheiden."

"Rot sind alle Beeren, die gut schmecken." ,erklärt Hajo.

"Wenn du es mir nicht gesagt hättest, würde ich jetzt die grünen Beeren essen." ,witzelt Anton.

"Esst und seit still. Ihr weckt sonst den Hund auf."

"Ist klar Peter. Er träumt gerade von einer saftigen Ziege."

"Dann lasst ihn weiterträumen." ,flüstert Michael.

Vor dem Zaun gedeihen neben den feinen Himbeeren die pickeligen Stachelbeeren. Sie schmecken weniger prächtig, als die übrigen Früchte, die teilweise hinter gezackten Blättern und kreuzenden Pflanzenstengel hervorluken. Hastig spüren die gierigen Hände die erwählte Beute auf. Alles Liebliche wird waidmännisch erobert.

"O ihr unreinen Beeren, die ihr nocht nicht gereift seid, tröstet euch. Bald kommen wir wieder und holen euch." ,flüstert Hajo den mehr grünen Früchten zu, die leider unbeachtet zurückbleiben.

Eine Beerenreihe nach der anderen wird oberflächlich durchkämmt. Einige Starrsinnige streiken und sind auf ein Versteckspielchen aus. Das geht den Eindringlingen auf die Nerven.

"Kommt hervor ihr Roten. Bei mir im Bauch ist nichts verboten."

Der Dichter strahlt über beide Ohren. Bei so viel Charme bleibt allen Beteiligten die Spucke weg. Geküsst oder gebissen; da gibt kein Gewissen. Reif sind die Früchte und sonnig die Lüfte. Viele krumme Finger greifen nach niedlichen Dinger. Der kindliche Magen will nicht widersagen.

Trampelnde Füße hinterlassen viele Spuren, die bald ein wüstes Durcheinander zeigen. Ein leichter Sturmwind frischt auf. Aus der Ruhe bei der verbotenen Ernte wird ein verwirrter Haufen, als aus dem Hintergrund das plötzliche Gebell des nun lebhaften Wachhundes ertönt, der seine Siesta beendet hat.

Schrill läuten die Alarmglocken, und eine beklemmende Furcht fällt über die jungen Diebe herab. Von letzten Gewissenbissen geplagt schmoren in den Kindergehirnen die Fäden des Übermutes durch, und die Feigheit tritt hervor. Jetzt ist der Verstand, der bereut, gefordert.

"Lasst uns hier verduften." ,sagt Hajo. "Wir haben mehr als genug gewildert."

"Unser Heini hat bestimmt ein nasses Höschen und will es vor uns verbergen." ,spaßt Anton rum.

"Und neben mir stinkt es nach Ziegenmist." ,meint Michael und hält verdächtig seine Nase zu.

"Meine Ziegen sind sauber und ruhen in einem gereinigten Stall."

"Entschuldige Peter, es war eine Verwechslung. Der miese Geruch weht dort drüben von dem Misthaufen herüber."

"Da wälzen sich die Säue herum." ,sagt Hajo.

"Und wir dachten hier, der Peter ist das Ferkel." ,scherzt Anton.

"Bevor uns noch der Hundegestank überrascht, machen wir´ne Fliege und flattern davon." ,sagt Michael.

Das störende Hundegebell wird immer lauter und lästiger. Keiner möchte kurz vor dem Abflug erwischt werden. Lieber ein bisschen feige sein, als im letzten Moment dem Bauer Bulli in die Hände zu fallen.

Vielleicht hat er bereits den seltenen Besuchern eine praktische Falle gestellt und wartet mit einem Knüppel bewaffnet hinter einem Busch verborgen und fordert die Eindringlinge zu einem flotten Prügeltanz auf, so wie zuhause die Eltern der Knaben von Zeit zu Zeit ihren üblen Launen Luft machen und zum fröhlichen Reigen auffordern.

Anstatt einer schlecht bekömmlichen Knüppelsuppe soll nun ein möglichst flotter Abgang über die hohe Grenzmauer mit der Sperre aus Stacheldraht erfolgen, denn ein tanzender Stock bringt nur blaue Flecken und böse Knochenprellungen in eine vergnügliche Runde, die auf einen solchen Nebenefekt gerne verzichtet.

Plötzlich ist der Teufel los. Nichts geht schnell genug voran. Wie vom elenden Satan getreten oder von einer bösen Hexe geritten schwingen die Mundräuber ihre gesättigten Leiber kraftvoll das glatte Mauerwerk empor. Hastig greifen sie nach den kalten Rohren, die obenauf den Stacheldraht spannen.

Wie spitze Krallen dringen einige unbemerkte Drahthaken in das unvorsichtige Menschenfleisch hinein und möchten die mutigen Buben für ihre Frechheiten belohnen. Ein beißender Schmerz, ein zackiger Biss, ein gewaltiger Schrecken, und schon kleben diverse Spritzer, der Saft der Sünde am Hinterteil.

Es ist nicht zu übersehen, was der piekende Eisendraht angerichtet hat. Die betroffenen Tölpel sind entsetzt, nachdem sie mit ihren Fingern das peinliche Geschenk der Drahtsperre berührten.

"Das ist ja Blut." ,bemerkt Hajo das kleine Missgeschick. "Ich
bin verletzt, verletzt an meiner Seele."
"Eher an deinem Verstand." ,murmelt der Bruder.
Als letzter Rebell versucht nun der langmähnige Michael seinen
Überflug zu meistern. Er scheint größenwahnsinnig zu sein, als
er ankündigt:"Ihr Jungs seid alle zu steif. Da kommt jeder Trottel
hinüber."
"Dann zeige uns doch, wie ein Trottel über das Hindernis düst,
du Großmaul." ,kontert Anton und ist beleidigt, weil er nicht
den Wichtigtuer spielen konnte. Mit einem kurzen Anlauf springt
der lachende Langhaarige wie eine leichtfüßige Gazelle auf die
Mauer hinauf und bleibt unerfreut im Stacheldraht hängen.
"So eine Scheiße. Nun hat es mich auch erwischt."
"Dachtest du Esel, bei dir machen die Dornen eine Ausnahme?"
"Aber ich ......" ,bleibt die Ausrede im Halse stecken.
"Kein wenn und aber. Mitgegangen und mitgehangen." ,sagt Anton.
"Eine haarige Flasche ist keine Taube im Wind." ,quakt Peter rum.
"Redet nicht so beschissen daher, sonst macht unser Nesthäkchen
wieder ins Höschen und hüllt uns erneut mit scheußlichem Aroma
ein, wo wir froh sind, diesem furchtbaren Gestank entkommen zu
sein."
Entzückt lachen die Begleiter auf. Michael fasst vorsichtig an
die verletzte Stelle. Eine rötliche Masse klebt an seinen Fingern.
Wieder hat es einen Angeber erwischt, der vor den Freunden eine
fetzige Solonummer abziehen wollte. Doch auch er blieb nicht von
einem Andenken verschont.
Es ist ja nur ein Leiden auf Probe, da die zusätzlichen Leiden
nach der Heimkehr möglicherweise noch ausstehen und auf die nette

Vollendung warten. Von dunklen Vorahnungen geleitet flattern die Zähne und Hosen. Sie wissen nicht, was die Zukunft für sie bereit hält. Was können diese angeschlagenen Seelen gegen den mächtigen Zauber des boshaften Willküraktes eines erzieherischen Tyrannen ausrichten?

Für eine Entschuldigung wegen eines Straferlasses ist es nun zu spät. Es verbleibt noch eine kurze Galgenfrist, um über einen gewitzten Plan einer gefefferten Abreibung zu entgehen.

Ohne diesen leckeren Spaß wäre so eine Verfehlung nie zu-Stande gekommen und es gäbe keine Angst vor bösen Überraschungen.

"Da werden eure Eltern aber ratlos aus der Wäsche gucken. Sie sehen ja kaum alle Tage so reizende Lumpensammler." ,trumpft Peter auf. Anton hat es sehr getroffen. Er feuert eine Rakete zurück.

"Glaubst du dummer Esel etwa, sie werden dich zuhause verschonen?"

"Ich erzähle meiner Mutter, ein besoffener Kerl hätte mich zu sehr bedrängt." ,sagt Michael verlegen.

"Ach so. Du bist vor ihm ausgebüchst und dabei an einer Zaunecke hängengeblieben." ,meint Anton nachdenklich. "Das ist eine gute Ausrede. Sie könnte von mir stammen."

"Durch dich sind wir zu den Rissen und Wunden gekommen, weil wir dir vertraut haben." ,schimpft Peter und grinst im Geheimen.

"Vielen Dank für eure Anteilnahme. Ich studiere mit euch eine neue Ziegennummer ein."

"Nein danke. Meine Mutter dressiert mich schon genug." ,lehnt Peter ab.

"Meine Mutter habe ich selber dressiert. Nur mein Vater spielt nicht mit." ,blödelt Anton herum.

"Dabei geht stets der Kochlöffel kaputt." ,fügt der Bruder hinzu.

"Du bist ja ein Schnellmerker." , kontert Anton.

"Alle unsere Väter oder Mütter drehen gelegentlich durch, weil ihre Kinder nicht nach ihren Wünschen tanzen." ,sagt Michael.

"Bravo Schlaukopf. Führe uns einen Probetanz vor, wie wir aus diesem Schlamassel wieder herausfinden." ,mault Anton los und gibt schielende Zeichen von sich, als wäre er plötzlich stumm geworden. Ein guter Einfall muss her. Um einer möglichen Ausflucht nicht verlegen, schlägt Hajo vor:"Laufen wir auf Umwegen drüben zur Kuhweide hin und zwängen unsere schlanken Körper in der Nähe der Brücke durch die Umzäunung. Dabei kommt es auf einen Riss mehr oder weniger kaum noch drauf an."

"Das ist gut und lenkt von dem Mundraub ab. Dabei fällt uns ein passendes Alibi in den Schoß, falls wir durch die verschwundenen Beeren in einen teuflichen Konflikt geraten." ,erklärt Anton.

"Und du glaubst, das hilft dir, deinen Hosenboden zu verteidigen?" Alle Freunde lachen, denn jetzt können sie noch lachen. Wenn sie nicht mehr lachen, dann haben ihre Ausflüchte nichts genutzt.

"Frage nur unsere Memme hier, wie oft bei ihm eine Ausrede etwas bewirkt hat."

"Ich erinnere mich kaum, ob es jemals etwas genutzt hat."

"Wofür machen wir uns denn diese Mühe, eine Ausrede zu finden?"

"Wenn es einmal hilft, hilft es auch ein zweites Mal."

"Bravo Bruder, gut gesprochen. Es könnte wieder von mir gewesen sein."

"Angeber. Hoffentlich nimmt dich gleich auf der Kuhweide ein Bulle auf seine Hörner."

"Mich nimmt kein Ochse auf die Hörner. Ich bin viel zu schnell."

"Ist doch klar." ,mein Peter. "Unser Brillenfuchs windet sich

wie ein glitschiger Aal aus der Gefahr heraus und schneidet danach
lustige Fratzen."
"Er ist eben ein listiger Fuchs."
"Bist du neidisch?" ,fragt Anton den Langhaarigen.
"Ich doch nicht, wo auf mich alle Mädels scharf sind."
"Wieso denn?" ,fragt Hajo. "Fahren deine Süßen auf die Senfgurke
ab?"
"Blödmann, sie mögen mein wildes Aussehen und die Männlichkeit."
"O Gott verschone mich mit diesem Hühnergegackere." ,sagt Anton
gelangweilt. "Ich glaube nur, was ich sehe. Vorhin hast du erst
behauptet, du könntest unbeschadet über den Drahtzaun hüpfen und
hast uns maßlos enttäuscht."
"Hinterher sieht alles anders aus." ,redet Michael sich heraus.
"Heh Peter, pass nur ja auf, wenn du heimkehrst. Die Ziegen mögen
diesen Geruch von frischen Erdbeeren und knabbern dann deinen
Hintern an." ,erklärt Hajo scherzhaft.
"Das wäre meine Rettung. Dann könnte ich den Zwischenfall auf
die Ziegen abwälzen und ihnen die Schuld anhängen."
"Komm Bruder, wir müssen gehen, bevor er uns noch für seine große
Dämlichkeit verantwortlich macht." ,sagt Anton und schupst Hajo
so heftig an, dass er beinahe über seine eigenen Füße stolpert.
Sie können die zahlreichen Ausflüchte kaum noch ertragen. Hajo
ist es ein wenig mulmig zumute, denn er liebt keine besonderen
Überraschungen und sagt daher:"Warte nur auf das Wiedersehen mit
unserer Mutter. Dann tanzt wieder der Kochlöffel auf deinem Haupt
herum."
"Warte nur ab, wer dort mit wem ein Tänzchen wagt." ,kontert der
Bruder. Er sagt es bloß, um von seiner eigenen Angst abzulenken.

Eine große Szene der Verabschiedung ist nicht geplant. Alle Buben flitzen um die nächste Ecke davon. Michael wohnt im oberen Ortsteil. Peters Elternhaus steht weit draußen am Ortsende. Nur Anton und Hajo wohnen nur 30 Schritte Luftlinie entfernt. Über einen kleinen Umweg erreichen die Brüder den eisernen Brückensteg über den Bach. Nur vier Schritte dahinter beginnt der Stacheldraht. Für das perfekte Alibi ist ein Riss mehr der Schwindel hier wert. Schleichenden Fußes geht es in gebückter Haltung an den Kleingärten vorbei, bis die Brüder über den Schutzdamm zum Elternhaus hinüberschielen. Niemand ist zu sehen. Eilig wird die Straße überquert. Verschwitzt zupfen sie ihre Kleidung zurecht und schreiten unauffällig in den Küchentrakt hinein.
Ein Glück, dass die Türscharniere geölt sind und nicht quietschen. Vor dem Waschbecken geht es den groben Flecken der letzten Schandtat an den Kragen. Plötzlich erscheint Theresa und lässt ihren gefürchteten Weitblick kreisen. Nur mit Wasser und Seife ist ein schlechtes Gewissen und ein Riss in der Hose nicht wegzuzaubern. Als die Mutter den hässlichen Anhängsel auf den Pelz rückt, traut sie kaum ihren Augen. Es ist mehr als nur beschämend, was sie sieht. Nein, es ist katastrophal, was die zerzausten Gestalten für jämmerliche Figuren präsentieren.
"Ach du liebe Zeit, wie schaut ihr denn wieder aus?"
"Ganz normal." ,erwidert Hajo.
"Das kann nicht normal sein. Ihr seht aus, als hätte euch eine Schlammlawine überrollt. Warum hat unser Herrgott meine Gebete nicht erhört?" ,fragt Theresa die Fliegen an der Wand.
"Er macht gerade Urlaub." ,plappert Hajo daher.
"Das findet ihr Trotzköpfe wohl sehr amüsant?"

"Das ist mir so herausgerutscht."

"Mir rutscht gleich die Hand aus." ,faucht Theresa zwischen diese kleinen Halunken, welche ihr winziges Maleur für einen Pausengeck halten. Deshalb nehmen es die Jungen mit ihren Worten nicht so genau und bringen ihre Mutter heftig in Rage.

"Trocken oder mit Seifenschaum?" ,will der Ältere es wissen.

"Hast du Witzfigur auch etwas zu melden?" ,kommt Theresas Antwort in der Form einer Gegenfrage angerauscht.

"Entschuldige, dass wir dich auf dem falschen Fuß erwischt haben." Kaum sind die Worte gesprochen, ducken die frechen Buben ihr Haupt zur Seite weg, weil sie eine mütterliche Attacke befürchten. Ob nun der wilde Tanz des hölzernen Kochlöffels zur Anwendung kommt? Oder ist dies alles nur ein mögliches Vortasten zum gruseligen Akt mit dem Stuhl des Grauens, wo der Vater erneut seinen Stress abbauen kann?

Auch ein rundes Stöckchen braucht hin und wieder etwas Bewegung, damit es keinen Schimmel ansetzt. Dabei darf Johannes vergnügt nach Herzenslust auftrumpfen, um so den eingenisteten Schwachsinn aus seinen Söhnen auszutreiben. Das macht Spaß, das macht Freude. Dabei werden die eigenen unzuverlässigen Väter aus seiner Kindheit gleich mit vermöbelt.

Warum reichen die Probleme der Mutter nicht aus, um einen großen Wirbel der Erziehung zu verursachen? Muss sie den Vater noch damit belasten, wo er den ganzen Tag hart seinen Verdienst am Vaterland verrichtet? Muss Theresa den Vater der Söhne in eine verflixte Zwickmühle treiben, damit die Mutter mehr Spielraum für die Zeit des Dorfklatsches zur Verfügung hat?

Wann lernen die Eltern nur den richtigen Umgang mit ihren Kindern?

Tags darauf ist die dumme Sache aus der Welt geschafft. Anton ist bei seinem Freund Peter in dessen Elternhaus eingeladen. Er ist ein Einzelkind, ein gewisses Muttersöhnchen, das nach Herzenslust verhätschelt wird.

Peters Mutter ist sehr freundlich und wirkt wie eine solide Frau, die ein hartes Leben bewältigen musste. Der Vater ist zu einer Weide hinaus und schneidet für seine Ziegen, die im Stallgebäude neben dem Wohnhaus untergebracht sind, das Futtermittel.

Bedenklich schüchtern und äußerst zurückhaltend blickt der junge Gast auf ein Tellerchen mit leckerem Ziegenpudding, das Anton aufgetischt wird. Das säuerliche Zeug aus Ziegenmilch hergestellt, ist dem Gast ein Dorn im Auge. Es soll für den Freund eine Art bäuerliches Begrüßungsritual bedeuten. Doch die Gastgeberin weiß nicht, dass der Gast kein Freund von jeglichen Milchspeisen ist und sich eher davor ekelt.

Höflich nimmt Anton den vorgesetzten Brei zur Kenntnis. Eine Zurückweisung wäre eine bittere Blamage und für die Gastgeberin eine Beleidigung. Dann würde die Freundschaft wie eine Seifenblase zerplatzen.

Nein, so etwas möchte Anton unbedingt vermeiden. Er muss improvisieren, seine schauspielerischen Talente vorzeigen, denn keiner soll bemerken, wie sehr der Gast den Ziegenpudding zum Teufel wünscht. Ist es ein Fall für einen Psychiater oder nur ein belangloses Dilemma für den Abfalleimer, der in einer greifbaren Nähe neben dem Esstisch platziert ist?

Willig hat Anton den silbernen Esslöffel in den schleimigen Brei eingetaucht. Alle weiteren Bewegungen der Hände sind unschlüssig. Sie werden deshalb auf eine Zeitlupenstudie umgeschaltet.

Es muss scheußlich schmecken, denkt Anton. Er tut so, als würde er die Milchspeise essen. Kaum ist sie auf der Zunge gelandet, so verdreht Anton schockiert seine Augen, als wäre er auf eine Bleiader gestoßen. Bloß nicht das ekelige Zeug herunterwürgen. Dann würde der Atem stocken und Anton müsste elendig verrecken. Zum großen Glück des erblassten Gastes geht Peter mit der Mutter in den Raum nach nebenan.

Jetzt ist für Anton eine passende Gelegenheit gekommen, seine quälende Mundladung in den Abfalleimer zu spucken, bevor der Gepeinigte erstickt. Zügig wird der restliche Brei vom Tellerchen herunter dazu verfrachtet. Jetzt kann der Gast wieder aufatmen, er kann wieder unbeschwert lachen.

Im letzten Augenblick hat Anton seine verzwickte Lage abschütteln können, bevor Peters Mutter etwas bemerkt hat. Als sie den leeren Teller des Gastes erspät, fragt sie höflich:"Na mein Junge, hat es dir geschmeckt?"

"Ja, es war sehr lecker." ,lügt er.

"Möchtest du noch einen Nachschlag haben? Wir haben noch genug davon, weil unser Peter die Milchspeise so gerne isst."

"Nein nein." ,erwidert Anton. "Ich darf nicht so viel essen, sonst bekomme ich einen lässtigen Hautausschlag."

"Bist du vielleicht magersüchtig?" ,fragt Peters Mutter.

"Nein nein, das nicht. Ich bin kein Freund von Milchspeisen."

"Ach so ist das. Das hättest du gleich sagen können."

"Mein Bruder kann einen ganzen Kessel voll Pudding auslöffeln."

"Unser Sohn ist auch ganz wild darauf."

"Er ist an die Produkte von der Ziegenmilch gewöhnt. Wir haben keine Ziegen, nur einen Angsthasen. Der gibt keine Milch; der trinkt sie nur."

"Ach so. Du meinst deinen Bruder damit?"

"Wegrennen und mit Steinen werfen kann er besonders gut."

"So einen verwilderten Bruder hast du?"

"Wir haben alle unsere kleinen Schwächen."

"Du sagst es mein Junge. Mag dein Bruder denn Tiere?"

"Vor den Tieren fürchtet er sich."

"So ein Feigling ist er?"

"Manchmal wirft er nach ihnen, wenn kein anderes Ziel in der Nähe ist." ,erwidert Anton.

"So ein böser Schlingel ist er?" ,fragt Peters Mutter.

"Das ist angeboren, so wie einer dick ist und der Andere dünn."

"Das sollte man bedenken, bevor man einen jungen Menschen voreilig verurteilt."

"Da hat jeder Esel seine Last zu tragen, auch der Peter." ,sagt Anton spaßig.

Peter kommt gerade aus dem Nebenzimmer zurück und hat mitbekommen, was der Freund gerade gesagt hatte.

"Du hast mich mit einem Esel verglichen, hörte ich?"

"Hören kann er noch gut." ,sagt Anton.

"Ja ja, aber nur dann, wenn er hören will." ,meint Peters Mutter.

"Was habt ihr mir vorzuwerfen?" ,fragt Peter.

"Nichts mein lieber Junge. Dein Freund hat nur scherzhaft gesagt, du hättest eine schwere Last zu tragen."

"Das trifft doch zu, wenn man ihn anschaut." ,sagt Anton.

"Ich bin nicht dick." ,erklärt Peter. "Sind alles nur Muskeln."

"Wer's glaubt, wird selig, heißt es." ,murmelt Anton herum.

"Darf ich noch ein Stündchen weggehen?" ,fragt Peter seine Mutter.

"Bleib´ aber nicht zu lange weg, denn du musst die Ziegen noch versorgen."

"Ja Mutter. Ich mache es, sobald ich zurück bin."

"Dann ist es gut. Ich wünsche euch viel Spaß und passt auf im Straßenverkehr. Hier in unserer Nähe sind bereits viele schwere Unfälle passiert."

"Ja Mutter, wir achten darauf."

"Wir sehen zu, dass uns kein Frosch auf die Füße tritt." ,sagt Anton scherzhaft.

Peter und sein Freund strahlen vor lauter Belustigung, als sie zur Verkehrsstraße hintrotten. Warum muss diese besorgte Mutter ihren kleinen Liebling vor fremden Leuten als Baby behandeln? Peter fällt solch eine übertriebene Fürsorge um sein leibliches Wohl mächtig auf die Pelle. Er ist kein Säugling mehr und möchte eine dementsprechende Behandlung erfahren.

Jeden Tag müssen die Kinder mit den gefahrvollen Situationen hier und dort alleine zurechtkommen. Dabei hat es bislang keine Klagen gegeben. Warum sollte es jetzt anders verlaufen?

Der oberschlaue Anton wird es schon richten. Er wird dafür sorgen, dass der Spaß bei allen Unternehmungen nicht zu kurz kommt. Und darauf ist Anton sehr stolz.

Nicht nur der Zufall soll das Leben versüßen. Ein großer Meister will keinen Nachteil verbüßen. So rennen die verzückten Freunde ihren neuen Zielpunkten entgegen, um keine Stunde ihres Lebens unbeachtet zu verschwenden. Wo kein Ziel erkennbar ist, wird eins erwählt. Ob es gut oder schlecht ist, das weiß Gott allein.

*

Eine neue Sanitäreinrichtung

Tag für Tag rennt der Gequälte, der seine menschlichen Geschäfte erledigen will, zu einer Außentoilette. Sie liegt im Freien in einer Hofecke verborgen. Bei jeder Wetterlage ist es unerlässlich, die notwendigen Bedürfnisse so rasch wie möglich zu erledigen. Ständig ist der jeweilige Besucher des stillen Örtchens von sehr unliebsamen Gerüchen umgeben. Es riecht nach faulen Eiern oder verrottetem Fisch. An kühlen Tagen zieht es durch viele Ritzen. Dabei ist die Anfälligkeit für allerlei Krankheiten in keinster Weise zu unterschätzen. Jeder Klobesucher hat selbst für sein Heil zu sorgen und muss sehen, wie er mit den Tatsachen so gut wie es geht zurechtkommt.

Will ein Mensch dringend sein leibliches Bedürfnis erledigen und ist der Sitzplatz der Brüter bereits belegt, so ist die Geduld und Besonnenheit gefordert, es sei denn, der gereizte Mensch ist nicht gefügig und möchte lieber mit den Schweinen im Stall um die Wette scheißen.

Meistens ist jedoch die Vernunft stärker, als der Glaube es zu zeigen vermag. Gelegentlich geistern dunkle Schatten um das stille Örtchen herum und wollen die kostbaren Minuten der Dampforgie mit bösartigen Intrigen versalzen. Folglich flammen meuternde Widerstände auf und beharren mehr und mehr auf eine Verbesserung der bisherigen Zustände.

Aber das Geld ist knapp, und die notwendigen Kosten übersteigen den gewünschten Komfort. An allen Enden fehlen die finanziellen Rücklagen, welche die gute Qualität der Sanitärartikel stark eingrenzt. Deshalb sind überaus fleißige Hände erwünscht, die ausreichend zupacken können.

Jetzt, wo die Knaben herangewachsen sind, können sie ihrem Vater hier und dort praktisch zur Hand gehen.

Johannes hat im Krieg durch eine Panzerfaust einen Arm verloren und kann daher nur gewisse Arbeiten für eine Hand ausführen. Doch durch die beiden Söhne kommen jetzt noch vier hilfreiche Hände hinzu.

Zuerst möchte Johannes im Küchentrakt eine zusätzliche Steinwand hochmauern, damit eine Raumteilung entsteht. Die kleinere Stube ist für das neue Bad vorgesehen.

Eine eiserne Wanne und ein großer Wasserboiler sind bereits vor vielen Jahren installiert worden. Nur bisher waren das Bad und die Küche ein Gemeinschaftsraum. Da war jeder Badende beunruhigt und fühlte sich von schielenden Augen verfolgt.

Unter dem Treppenaufgang zur zweiten Etage soll die neue Toilette ihren Stammsitz finden. Über ein breites Kunststoffrohr von 15 Zentimeter Durchmesser, welches von innen nach außen durch die Wand des Fachwerkhauses gesteckt wird, verläuft das Anschlussrohr in einer Z-Form von etwa zwei 90 Gradwinkel in die leicht schräge Hofebene ein, wo nach weiteren zwei Metern Rohrverbindung zwei große Klärbecken als Auffangvorrichtung dienen sollen.

Über eine ausreichend geneigte Gleitfläche fließen die Fäkalien mit einer genügenden Wasserspülung versehen in die gemauerten Erdgruben ein. Es ist ein sehr nützliches Vorhaben, das allen Familienangehörigen zugute kommt.

Alle Eingeweihten sind hellauf begeistert, als ihnen die neue Anlage in Gedanken vorschwebt. Nur die Ausführung dieser mühsamen Arbeitsmoral zeigt ein anderes Traumbild vor.

Jetzt ist vorerst die Zeit der lustigen Streiche in eine weite Ferne gerückt. Jetzt werden fleißige Sklavenhände benötigt, um das Ansehen der Familie weiter zu stärken. Daher schwimmt die bisher unbeschwerte Freizeit vorläufig ungehindert den Bach herab. Jede weitere Stunde sinkt der knäbliche Beifall eine Oktave tiefer ab. Wenn bloß schon diese lässtige Arbeit getan wäre. Stehe Gott diesen kleinen Rackern bei, damit sie als Hilfknechte beim Aufbau der Kläranlage nicht verzweifeln und in einen Sog einer voreiligen Rebellion hineingeraten.

Ob hier der hochgelobte Wundertäter dem nun unvollkommenen Körper des Vaters einen neuen Arm könnte wachsen lassen, damit ein Mann mit zwei gesunden Armen mehr leisten könnte?

Gut gestärkt gehen die vorhandenen Arbeitskräfte nach dem Essen zur Mittagszeit an die erwählten Aufgaben heran. Alle sind wohlauf und gespannt, was der erste Tag ihrer Schaffensfreude für sie vorgesehen hat.

Die Söhne erhalten den Auftrag, die beiden Erdgruben auszuheben. Das ist keine leichte Aufgabe, denn der Erdboden ist sehr steinig. O Schreck lass nach. Je tiefer der Spaten eindringt, desto rascher schwindet der Kraftaufwand. O Jesus und Maria, das kann ja heiter werden.

Mit einer überwältigenden Gelassenheit ruft der Vater aufmunternd zu den Söhnen herüber:"Nur nicht schlapp machen; Arbeit macht frei."

Unter dem Begriff der Freiheit kennen die Jungs eine Version, die keinen Spaten benötigt. Doch diese Art der Belustigung hat Johannes nicht gemeint. Seine Begegnung mit dem Kräfteverschleiß ist ein nützlicher Tatendrang im Sinne des häuslichen Gemeinwohls.

Dafür schauen die jungen Hilfsdiener recht blass auf ihre sandige Bescherung herab. Kein Pfad führt ohne einen steinigen Untergrund zu einer verbesserten Lebensgemeinschaft, in der jede Mitarbeit zählt und neuen Mut heraufbeschwört.

Schaufel und hacken, hacken und schaufeln, Steine bewegen und die Erde ausheben. Es ist ein erlesener Spaß, der an sämtlichen Knochen anklopft. Da können die Buben ihre launenhaften Stimmungen so richtig austoben.

Zwei Erdgruben von je einem Meter Breite und Tiefe sind ohne große Verzögerung auszuheben. Da ist ein heiterer Buddelgenuss im Akkord angesagt.

Derweilen schaufelt Vater Johannes für den schrägen Zulauf die Erdrinne frei, wo das dicke Abflussrohr hineinpassen soll.

Fast pausenlos kommen gewaltige Gesteinsbrocken zum Vorschein. Sie stören den normalen Arbeitsablauf. Für ihre Beseitigung sind die Kräfte der Söhne zu schwach. Dabei muss noch Vaters linker Arm mit anpacken, bis die widerspenstigen Hindernisse beseitigt werden können.

Gemeinsam geht die Arbeitsweise leichter vorwärts. Gemeinsam wird keine Einzelleistung überfordert. Alle behindernden Felsbrocken liegen starrsinnig in ihren Erdkuhlen und sträuben sich heftigst vor einer dringenden Umbettung. Johannes blickt besorgt herüber. "Passt um Himmelswillen auf, dass euch die schweren Steine nicht auf eure Füße knallen. Dann habt ihr Plattfüße."

So ein kleiner Scherz zur rechten Zeit lockert ein wenig den bedrängten Gemütszustand auf. Zum Verdruss der körperlichen Leiden rinnt der drückende Schweiß kalt über die Stirn und den Nacken herunter und zerrt an der Unzufriedenheit der knäblichen Leistung.

Wie fleißige Maulwürfe buddeln die jungen Helfer im Dreck herum. Sie brauchen zu ihrer eigenen Courage den göttlichen Beistand des Vertrauens, um das große Schaufelwerk furchtlos fortzuführen. Es ist nicht gut, wenn einer nur zuschaut, wie ein Erdhaufen von einer Seite zur anderen fliegt.

"Was macht ihr für komische Gesichter?" ,fragt Johannes. Doch er kriegt keine Antwort zurück. "Die Gruben müssen noch tiefer ausgegraben werden." ,fügt er hinzu. Er redet wie im Schlaf. Das kommt den Söhnen spanisch vor. Sie müssen sich mit diesen Mühen herumplagen, und nun kommen auch noch die quälenden Wasserblasen hinzu, die auf den empfindlichen Kinderhänden zu sehen sind. Igittegitt, das sieht nach einer Dummheit und Dämlichkeit aus. Johannes hat das kaum erwähnenswerte Maleur erspät und sagt einige tröstende Worte dazu, welche die Knaben gleich verstehen.

"Das ist halb so schlimm, wie es ausschaut. Die Blasen entstehen bei zu viel Reibung auf einem trockenen Holzstiel. Nach einigen Tagen dörren sie aus und verschwinden wieder. Eure Haut wird sich daran gewöhnen müssen."

Das sind ungewöhnliche Neuigkeiten. Narrenhaft schauen die Jungs auf ihr gemeinsames Schaffenswerk herab. Wann wird wohl das erste Blut spritzen? Nachher oder bevor die brütenden Kindergehirne heiß gelaufen sind?

Ein falsches Wort zur falschen Zeit könnte aus einem überwachenden Leitschatten einen unerwünschten Brüllaffen erscheinen lassen. Notgedrungen müssen sich die Untergebenen in ihr Schicksal fügen. Besser allen Ärger herunterschlucken und an die schönere Zeit danach denken. Das gefällt der Obrigkeit, und es gefällt diesen armen bedauernswerten Seelen, die mit ihrem Großmut die geistige

Schwäche übertrumpft haben. Nun geht es der bitteren Aufmüpfigkeit an den Kragen. Mit einem gehärteten Meißel und einem praktischen Fäustel dazu werden die zähen Brocken in ihre Schranken verwiesen. Gewaltig dröhnen die kräftig geschwungenen Hammerschläge schallend durch sämtliche Wände des Wohnhauses und lassen geringfügig das alte Fachwerk erzittern. Bei jedem neuen Getöse zucken die Knaben wie behämmerte Knalltüten zusammen. Sie sind zu sensibel und den lauten Krach nicht gewöhnt.

Antons Nerven sind angegriffen. Der staubige Spuk will ihn fertig machen. Schimpfend flüstert er dem Bruder ins Ohr:"Komm mit mir. Soll er sich alleine herumquälen."

Das ist eine gute Idee. Darauf hat Hajo lange gewartet. Auch er ist den staubigen Dreck leid. Sollen sich die Jenigen herumquälen, die scharf auf ihn sind, denkt Hajo.

Angewidert und geschlaucht rammen die Brüder ihre Spaten in das vermeintlich gelockerte Erdreich. Doch der Erdboden gibt seltsame Geräusche ab. Es scheppert und klirrt. Sind die eingetauchten Spaten auf eine verbuddelte Schatzkiste gestoßen? Sollen zwei junge Träumer nun für ihre bisherige Mühe einen fürstlichen Lohn erhalten oder hat hier ein Gnom einen faulen Zauber hinterlegt, um gierige Menschen an der Nase herumzuführen?

Durch das Kratzen und Anschlagen sind die Schneideflächen leicht verbogen. Das bringt Johannes auf die Palme. Er ist verärgert. "Was habt ihr wieder angestellt?" ,fragt er.

"Es hat gekracht. Jetzt ist die Schneide verbogen." ,erwidert Hajo.

"Könnt ihr nicht achtgeben? Neue Spaten kosten viel Geld, das wir nicht haben."

"Wie sollen wir vorausahnen, was unten in der Erde verborgen ist?"
Will nun der Vater den Schatz heben, denkt Anton. Verstohlen guckt
er zu dem Bruder hinüber, als hätte ihn ein nasser Furz blamiert.
"Gebt eure Spaten her. Ich bringe sie wieder in Ordnung." ,sagt
Johannes. Besser ist es, er klopft die Spaten gerade, als dass
er seine Söhne vermöbelt.
Mit geringem Arbeitsaufwand sind die kleinen Dellen beseitigt.
Vorsichtig geht der Vater dem kurzen Spuk auf den Grund. Nach
wenigen Handgriffen ist der vermeintliche Schatz aufgespürt. Keine
Goldmünzen fallen Johannes entgegen. Kein reicher Mann hat hier
sein Vermögen versteckt. Nur die lästigen Gesteinsbrocken glotzen
dort die verblüfften Augen der drei Weltverbesserer an.
So ein blödes Miststück soll zerplatzen wie eine Seifenblase,
denken die Knaben. Doch ihr Wunsch geht nicht in Erfüllung. Da
muss der alte Griesgram ran. Soll er sich dabei die Haare raufen.
Dann bemerkt er, was da für eine beschissene Tätigkeit auf ihn
wartet.
"Ruhe Brilli. Gehen wir ins Haus und stärken unseren Geist." ,sagt
Hajo. Seine Hungergefühle drücken wieder auf die Drüsen.
"Ich bin dabei, sonst kann er mich hier als Ägyptische Mumie aus
der Erde buddeln." ,sagt Anton spaßig.
"Das würde unseren Vater bestimmt sehr erschrecken."
"Ihn haut so leicht nichts um, höchstens eine verirrte Kugel einer
dicken Kanone."
"Du hast recht Bruder. Monster sind nicht kleinzukriegen."
Kaum sind die Jungs vor dem Waschbecken angelangt, da flitzt
Theresa herbei und wundert sich, dass ihre Söhne nach kurzer Zeit
eine Pause einlegen wollen.

"Seid ihr draußen mit eurer Arbeit schon fertig?" ,fragt Theresa.

"Nein." ,kommt die Antwort hervor.

"Ihr seht noch so frisch aus, als hätten eure Körper kaum gelitten oder was ist los?"

"Ich falle gleich um." ,schauspielert Anton der Mutter etwas vor.

"Ihr habt keine Lust mehr. So ist das also." ,sagt sie.

"Anton hat mehr gequatscht als gearbeitet."

"Das kann ich mir gut vorstellen." ,sagt Theresa. "Unser Großer hier spielt überall gerne den Drückeberger."

Hajo kann ein hämisches Lachen nicht verkneifen. Das findet der Bruder garnicht witzig. Nun ist Theresa verwirrt und ratlos. Hat der Zweitgeborene seine Mutter genarrt, um Anton bloßzustellen? Er ist jetzt sauer und will auch seinen Spaß haben. Deshalb dreht Anton den Spieß einfach um.

"Hajo hat die meiste Zeit wie ein Trottel im Dreck gelegen, weil er sich beim Schaufeln zu dusselig aufgeführt hat."

"Jetzt habt ihr euch gegenseitig genug angehimmelt." ,schimpft Theresa. "Esst nun eine Kleinigkeit, bevor ihr wieder hinausgeht und draußen weiterschaufelt."

"Ja Mutter. Frisch gestärkt geht der Dreck leichter von der Hand."

"Dafür musst du nicht hinausgehen." ,sagt Anton. "Wasser ist im Wasserhahn und Seife ist auch genug da."

"Sehr lustig Bruder. Wo ist die Stelle zum Lachen?"

"Lachen könnt ihr wieder draußen bei der schönen Arbeit." meint die Mutter. Doch die Söhne haben vorläufig vom Schuften die Nase voll. Sie sind keine rauen Bauarbeiter und wollen auch keine werden. Sie möchten nur ausspannen und anderen Jecken die Arbeit überlassen. Doch Theresa ist nicht damit einverstanden, denn sie weiß, dass Johannes die Arbeit nicht mit einem Arm allein ausüben kann und fragt daher nach:"Braucht euch der Vater draußen nicht?"

"Ihm liegt draußen ein dicker Brocken im Magen, den er schlecht verdauen kann." ,erwidert Hajo rätselhaft.

"Und da rennt ihr weg und lasst den armen Vater allein zurück?"

"Er muss nicht alleine schuften. Er kann genauso hereinkommen, so wie wir es getan haben." ,meint Anton dazu. "Wenn er jedoch keine Lust dazu hat, ist es kaum unsere Schuld."

Ratlos schüttelt Theresa den Kopf. Sie ist von den Äußerungen der Söhne nicht angetan und sorgt sich um ihren Ehemann. Das juckt Hajo nicht. Er untersucht mit großer Begeisterung den Gebäckkarton auf dem Stubenschrank. Gezielt fischt er einige Gebäckstücke aus der geöffneten Schachtel hervor. Sie schmecken noch besser, als sie aussehen. Mit einem Becher voll Milch werden sie den Rachen hinuntergespült. Amysiert schaut der Bruder zu und sagt hämisch:

"Bei diesem Berg an süßem Zeug freut sich wieder der Zahnarzt auf deinen nächsten Besuch. Dann darf er wieder so herrlich mit seinen feinen Werkzeugen herumwirbeln."

"So ein bisschen Karies schmeißt kein Schwein vom Hocker runter.", sagt Hajo abwehrend.

"Bei dir ist es jeden Tag nur ein bisschen." ,sagt Theresa. "Doch nach einigen Monaten ist es ein ganzer Berg geworden, du dummer Esel."

"Wenn die Zähne nicht mehr weiterkauen wollen, fallen sie heraus."

"So ein Schwachsinn." ,meint Anton. "Ich kann an meine Zähne einen Amboss hängen."

"Das ist Quatsch mit Sahne Anton. Bei dir reicht ein Schlag mit einem Holzhammer aus, und deine Mäusezähnchen fliegen wie Fallobst

herunter." ,flachst der Bruder herum. Er erkennt nicht den Ernst
der Lage, in der er sich befindet, wenn er so weiter macht.
"Du bist nicht normal Hajo. Auf dich wartet die Klapsmühle."
"Wir leben bereits in einer Klapsmühle. Oder hast du hier noch
keinen Klaps hinter deine Ohren bekommen?" ,fragt Hajo.
"Die Klapsmühle ist ein Ort für Geisteskranke." ,erklärt Anton.
"Mein Geist hat noch keine Beschwerde angezeigt. Deiner etwa?"
"Ein Gespräch mit dir ist eine reine Zeitverschwendung. Dir kann
niemand mehr helfen." ,sagt Anton verärgert.
"Wenn du Schlaukopf es sagst, muss es wohl stimmen. Ein Genießer
ist geduldig und schweigt."
"Verschlucke dich nicht beim Schweigen."
"Brilli, der Vater hat dich gerufen. Er braucht noch einen Hebel."
"Da meint er sicherlich den falschen Hebel, denn meiner ist mir
abgebrochen." ,kontert Anton.
"Bei dir kann nur das Bambusstöckchen nachhelfen. Dabei fällt
gleich der Staub von dir ab." ,sagt Hajo.
"Er soll bei dir anfangen, denn bei dir ist mehr Dreck im Getriebe
drin."
"Das ist leider unpassend. Ich muss hinaus in die Erdgruben, bevor
der Regen ihnen zusetzen kann."
"Dann nichts wie raus. Die Arbeit wartet."
Noch immer hockt Johannes vor dem Hühnerstall herum und buddelt
im Dreck umher. Pausenlos rinnt Vater der Schweiß herunter. Mit
nur einer Hand kann er die schweren Hindernisse kaum beseitigen.
Ein Glück, dass da die Söhne ausgeruht angewetzt kommen. Doch
Johannes hat sie nicht gerufen. Er möchte jetzt eine Zigarette
rauchen und dazu einen heißen Tee genießen. Das ist den Jungs

egal. Sie sind nicht ganz umsonst hinausgestürmt. Alleine werden sie von niemanden beobachtet und unter Druck gesetzt.

Johannes ist in die Küche gegangen. Er hat seine Nagelbürste mit praktischen Gumminoppen versehen, die am Beckenrand anhaften. So kann Johannes ohne fremde Hilfe seine einzige verbliebene Hand mit etwas Seifenschaum versehen sauberschrubben, so gut es geht. Mit dem Reststummel des rechten Armes wird das Handtuch gehalten. Alles verläuft nach seinen Wünschen. Nach dem Abtrocknen der Nässe kommt eine Ruhefase gerade recht.

Draußen hocken die Brüder auf den Grubenränder und blicken ratlos zum Himmel empor. Keiner will unnötig seine kostbaren Kräfte hier vergeuden. Nur zehn Minuten dauert es, bis Johannes wiederkommt. Er hat damit gerechnet, dass die Knaben mehr faul herumlungern, als ihre Gehirne ein wenig anzustrengen.

"Jetzt seid ihr genug ausgeruht. Da könnt ihr gleich kräftig mit anpacken, damit wir heute mit dem Ausheben fertig werden. Morgen dürft ihr wieder tun, was euch Spaß macht."

Das ist eine gute Nachricht. Nun wollen die Jungs noch einmal kräftig zulangen, und dann sind sie wieder frei, so frei wie der Wind, der unbedrängt um die Häuser weht. Dann dürfen die müden Knochen so viel ausspannen, bis alle Qualen der vergangenen Tage nur noch eine blasse Erinnerung sind. Es wird eine Erinnerung an drei lustige Maulwürfe sein, die zwei große Löcher buddelten, um einen Schatz zu suchen. Er entpuppte sich als ein zäher Brocken aus Granitstein, der eifrig von drei Hornochsen auf die Hörner genommen wurde.

Beide Gruben erhalten ringsum ein stabiles Mauerwerk, auf dem ein schwerer Eisendeckel liegend vor Wettereinflüssen schützt.

Über eine verlängerte Rohrverbindung kommt das Klosettbecken der Großmutter zum ersten Einsatz. Danach kann sie ihren neuen Luxus stolz repräsentieren.

Jetzt verlaufen die menschlichen Bedürfnisse vor fremden Blicken geschützt auf mehr windfreier Basis. Frost und Hagelsturm müssen draußen verweilen, und auch das störende Gejammer der liebestollen Katzen bleibt in der Ferne zurück. Nur die knarrende Treppe ist zu hören, sobald eine Person zur gleichen Zeit zur zweiten Etage aufsteigt.

Jetzt brennt Tag und Nacht eine erhellende Glühbirne über dem Haupt der einsamen Sitzungen, wobei stets genug Klopapier in einer greifbaren Nähe ist.

Ein neuer Komfort ist eingekehrt und zeigt zufriedene Gesichter vor. Keiner muss mehr über den Hof eilen und vor Fledermäusen flüchten oder darf mit den Ferkel um die Wette grunzen.

Jede Familie hat nun ihren eigenen Hort, wo der Goldesel etwas fallen lässt, was im Garten als Düngemittel eine gute Anwendung findet. Nach einer kurzen Reifezeit blühen die neuen Pflanzen auf. Der Kreislauf der Natur ist besiegelt. Nun sind alle Menschen wieder glücklich. Jeder, der seine Arbeit richtig verrichtet, hat auch einen Nutzen davon. *

Das Geisterhaus

Freundlich blickt die Sonne durch die hohen Baumwipfel und lässt ihre warmen Sonnenstrahlen durch die klaren Fensterscheiben eindringen. Sie versprechen einen verheißungsvollen Tag und lassen die wirren Gedankenzüge heiter bis bewölkt dahinschweben.
Es ist Samstag. Gelangweilt hockt der grüngelb gefleckte Frosch auf der oberen Leitersprosse und döst dahin. Gerade hat Theresa ihre letzte Meckerarie beendet und beginnt nun mit den täglichen Vorbereitungen für das Mittagsmahl.
Mit einem kalten Wasserguss verbannen die erwachten Söhne die letzten Sandkörner aus einer verträumten Schlaftrotzigkeit. Fertig angekleidet geht es nach einem guten Frühstück hinaus in den Hof und nach nebenan auf die Straße, um mit der Reinigung rings um den Wohnkomplex zu beginnen. Es ist für Alt und Jung ein heiterer Frühsport und bringt die erschlafften Glieder wieder neu auf Trab. Nach dem Putzen der Schuhe und Treppen wird der Esstisch vorbereitet. Jetzt erwarten alle den Aufruf der Mutter:"Essen kommen." Zuerst wird das kleine Tischgebet gesprochen, bevor die hungrige Meute über die köstlich duftenden Speisen herfällt und alles vertilgt, bis der letzte Krümel verschlungen ist. Nur die harten Suppenknochen bleiben einsam zurück und landen auf dem Müllhaufen. Nun ist das Spülen und Abtrocknen des benutzten Geschirrs und der Bestecke an der Reihe. Jetzt, wo alle Mägen gesättigt sind, ruhen die Erwachsenen ein wenig aus. Doch die jungen Hüpfer benötigen zur Mittagszeit keine Ruhefasen und denken bereits an die neuen Abenteuer, die sie erwarten.
Anton hat eine Verabredung mit den Freunden Peter und Michael.

Hajo möchte mit Diether, der an der unteren Straßenecke wohnt,
einen geheimnisvollen Ausflug zu den Waldgeistern und Wasserflöhen
durchführen, wo dicke Ameisen und tückische Blindschleichen, sowie
kreischende Elstern und schwarze Krähen auf ihre Beute lauern.
Mit hohen Gummistiefel und dicken Jacken bekleidet schreiten die
beiden Jungs über den eisernen Brückensteg des Lauterbaches hinweg
auf den schmalen Gehweg zu. Er führt zwischen der Kuhweide und
einem Weizenfeld hindurch und endet an der örtlichen Landstraße,
die einige Gemeindeortsteile miteinander verbindet.
Auf der gegenüberliegenden Straßenseite beginnt ein Waldgebiet,
das einen Anteil des Gemeindeforstes darbietet.
Hier sind noch viele Waldtiere wie Rotwild oder Wildschweine in
ihren Revieren angesiedelt. Doch die beiden Freude wollen zu den
hohen Fichten, die nur wenige einhundert Meter Luftlinie entfernt
stehen und die rechte Seite des Waldrandes bilden.
Um Diethers kindliche Schulter baumelt eine abgewetzte Ledertasche
und auf dem Kopf thront eine dunkle Zipfelmütze, denn der kleine
Blondschopf möchte wie ein sagenhafter Trapper der Wildnis wirken.
Im Inneren der Umhängetasche liegen ein paar Stopfnadeln, etwas
Kordelschnur für Sonderfälle, einen dünnen Draht für Schlingen
und ein geschärftes Taschenmesser zum Abtrennen von brauchbaren
Baumrindestücke, die gut für die Schnitzkunst geeignet sind.
An alles ist gedacht. Ob der lauernde Waldgeist freundlich lacht?
"Das mitgeführte Material benötige ich für auftretende Pannen,
bei denen man unerwartet in der Klemme steckt und keine Hilfe
ist zu erwarten." ,erklärt Diether.
"Glaubst du denn, die Tiere halten jetzt ihren Mittagsschlaf?"
"Du bist aber einfältig. Ein Tier hilft nur, wenn es auf bestimmte

Reaktionen dressiert ist."

"Du hast recht Diether. Die Tiere laufen vor uns davon, weil sie Kinder nicht mögen." ,sagt Hajo.

"Die Tiere können nicht abwarten und darauf hoffen, nicht ermordet zu werden."

"Ja ja, das geht nicht. Dann sterben sie aus."

"Genau du Esel. Hast du es endlich kapiert?"

"Ja, du alter Trapper."

Zufriedengestellt stampfen die Waldheinis über einen holprigen Hasenpfad schlängelich auf ein massives Steinhaus zu. Es schimmert gelb bis rötlich im erstrahlten Sonnenzauber. Hier war in den Tagen zuvor eine gutgehende Ziegelbrennerei vorhanden. Unter dem Wildwuchs der Unkrautpflanzen sind noch die ehemaligen Bahngleise zu entdecken, die reges Leben in diese Region einbrachte. Doch nun vermitteln nur noch einige Geisterunterkünfte ein gewisses Flair von Profitgier und anderen Machenschaften, die einst einen aufblühenden Wirtschaftszweig ankurbelten.

Einige große Fenstereinfassungen sind mit kleineren Glasscheiben unterteilt. Sie locken die Knaben zu interessanten Weitwürfen an, wobei ein gezielter Einschlag einen klirrenden Knallefekt hinterlässt. Das reizt von Wurf zu Wurf mehr den menschlichen Drang, etwas zu zerstören, was einst mühevoll erbaut worden ist. Schöne flache Kieselsteine, die mehr scheibenartig aussehen, sind als passende Wurfgeschosse gefragt, da sie eine hervorragende Eigenschaft für den Weitflug besitzen. Fast wie eine heiße Granate zischen die windschlüpfrigen Granitstücke durch die Luft und zertrümmern alle schwachen Gegner. Manche Schleuderobjekte fliegen wie außerirdische Kampfgeschwader zu ihren Bestimmungsorten hin.

Aufmerksam lauschen die Kinderohren nach den beschwingten Tönen,
die eine heißbegehrte Musik erklingen lassen. Leider sind solche
bizarren Klänge eine unerklärliche Mangelware, welche die eifrigen
Knaben einer besonders hartnäckigen Prüfung unterordnen wollen.
Jeder neue Testversuch soll den Gegner übertrumpfen und die eigene
Trefferbilanz in den Vordergrund rücken. Voller Leidenschaft und
Ehrgeiz werden die Grenzen der Zerstörungslust voll ausgeschöpft.
Nur mit einer starken Willenskraft könnte der kindische Unfug
ein Ende finden. Doch die kleinen Strolche denken vorerst an keine
Kapitulation. Nach so kurzer Zeit geht der Spaß erst richtig los.
"Aufgepasst, jetzt kommt ein Düsenjäger angesaust."
Kräftig schleudert Hajo einen flachen Stein durch die Luft. Er
driftet zu sehr nach rechts weg und schießt weit am Ziel vorbei.
Diether lacht den Freund aus, der leider mit seinem ersten Versuch
eine Niete gezogen hat.
"Auf diese Weise wirst du keinen Erfolg haben. Da lachen dich
die Geister aus."
"Es war nur ein Probewurf." ,erklärt der Versager.
"Ich brauche keine Ausrede dafür. Bei mir kracht es immer. Dazu
brauche ich nur den richtigen Neigungswinkel mit einzubeziehen.",
gibt Diether an, als würde er mit Anton auf gleicher Welle funken.
"Wie willst du Schlaumeier das anstellen?" ,fragt Hajo.
"Dafür peile ich in Gedanken die passende Flugschneise an, als
würde ich eine Taube dazu dressieren."
"Pass aber dabei auf, dass dir kein Vogel auf die 'Birne' kackt.
Dann ist deine Sicht behindert."
"Guck´ mir zu du Herumnörgeler und lerne daraus."
"Zuhause lerne ich bereits genug und weiß oft nicht dabei, was

gut oder schlecht für meinen Bedarf dabei herausspringt."
"Kein Wunder, dass du stets vorbeiwirfst. Bei mir hörst du gleich
die Musik erklingen."
"Ich sehe nichts, ich höre nichts. Wann soll es denn passieren?"
"Hast wohl heute deine Ohren nicht gewaschen?"
"Ich höre klar und deutlich deine brummige Stimme."
"Da musst du in die falsche Richtung geblickt haben."
"Wo hast du denn hingeworfen?"
"Dort drüben auf das dritte Fenster oben links."
"Mache mir vor deinem nächsten Wurf eine Skizze, damit ich weiß,
wo ich hinhören soll. Oder fürchtest du Spione?"
"Meine Tricks sind unnachahmbar." ,erwidert Diether.
"Dann lass einen dieser Tricks aus dem Sack. Ich will sehen, ob
er es wert ist, von ihm zu träumen."
Diether prüft mit einem Zeigefinger die Windrichtung. Er wirft
einen glatten besonders flachen Kieselstein durch einen windarmen
Luftzug hinüber zum Geisterhaus. Ein feines Zischen und Klirren
dringt herüber. Diether strahlt über beide Ohren, als hätte er
den Mond heruntergeholt.
"Das war ein Hammer. Hast du das gesehen?" ,fragt Diether erregt.
"Das war nur reiner Zufall. Mir könnte das auch passieren."
"Nix da Hajo. Das war gekonnt gepeilt, geworfen und getroffen.
Das musst du erst einmal nachmachen."
Kreuz und quer fliegen die flachen Steine zur alten Ziegelei hin.
Es knallt und pocht, es scheppert und klappert. Nach einer Stunde
sind kaum noch Fensterscheiben heil geblieben. Ein wenig erschöpft
laufen die Knaben zum Tatort hinauf, um ihre Wurferfolge aus der
Nähe zu betrachten. Auf halber Wegstrecke zögert Hajo. Ihn plagen

plötzlich Angstgefühle. Verstört blickt er in alle Richtungen
rechts und links am Geisterhaus vorbei. Hajo ist es mulmig zumute.
Ihm flattern wieder seine Zähne und Hose. Diether kommt es komisch
vor. Er weiß nicht, wovor der Freund sich fürchtet und fragt nach:
"Hast du plötzlich Geister gesehen, oder warum bist du so feige?"
"Ich dachte, oben ist ein Wachmann und wartet auf zwei böse Jungs,
die eine falsche Erziehung hatten."
"Heute ist Samstag, und um diese Zeit arbeitet kein Mensch mehr.
Da ist hier alles ausgestorben."
"Wenn es war wäre, dann ......" ,murmelt Hajo vor sich hin und
blickt erneut ängstlich die Bahngleise hinauf. Er glaubt es kaum,
dass hier nur zwei Halunken, die mit Steine werfen, herumlungern
sollen. Hoch am Himmel kreisen zwei Raubvögel umher, die jedoch
auf Geister keinen Appetit haben. Die Vögel stürzen eher auf einen
Angsthasen hernieder und schleppen ihn in ihr Versteck hinein.
Da muss Hajo die Augen offenhalten, damit nichts unverhofftes
geschieht.
"Komm endlich du Feigling. Wir sind viel schneller zu Fuß, als
die Erwachsenen rennen können."
"Du hast recht Diether. Wer soll uns hier etwas anhaben können."
Oben angekommen ist kein 'Schwein' zu sehen. Rings um das Gebäude
der möglichen Geister liegen nur Schuttberge von kaputten Ziegeln
und geborstenen Glasscheiben. Im Inneren sind die leeren Räume
halb verdunkelt. Sie wirken kühl und unheimlich. Keine Gespenster
wehen herbei. Nur der Wind pfeift schauderhaft um die Mauerecken.
Sonst sieht alles ruhig und verlassen aus. Ein idealer Fleck für
Ganoven oder besessene Naturschützer, die neben den ansässigen
Lebewesen auch altes Gerümpel bewundern möchten.

Kleine Anhängsel wie schaurige Ölflecken und Schlammspuren haben ihre klebrigen Fühler auf die Klamotten und Hautpikmente der Buben aufgedrückt. Doch die fast unvermeidbaren Merkmale sind kein Grund zum Beklagen. Kein Rückwärtsgang wird eingelegt. Jetzt, wo die großen Fichten in eine greifbare Nähe gerückt sind, wäre es ein absoluter Schwachsinn, das Feld zu räumen und den Spaß in den Baumwipfeln zu verpassen. Das ist eine mächtige Herausforderung, die jedes Knabenherz erweichen lässt. Dabei werden die möglichen Gefahren, die auftauchen könnten, in den Untergrund verbannt.
"Heh Diether, klettern wir kurz hinauf in eine Baumkrone und sehen uns die Welt von oben her an. Vielleicht erblicken wir eine Hütte, wo die Hexen drin hausen."
"Das geht klar Hajo. Ich muss jedoch hinterher noch Rindestücke suchen, denn dazu bin ich schließlich hergekommen."
"Danach begleite ich dich zum Einsammeln. Schau´ nur, wie tief die Äste herunterhängen. Sie sind fast bis zum unteren Ende hin gewachsen. Da kommen wir leicht herauf."
"Steige du zuerst ein Stück hinauf und warte dann. Ich steige dir hinterher, sobald du ruhig stehst, sonst fallen mir die Nadeln in meine Augen oder den Nacken."
"Ist gut Diether. Ich werde achtgeben, damit du von irgendwelchen Sehstörungen verschont bleibst."
Mit einem kurzen Klimmzug ist die untere Standposition erreicht. Alle 20 bis 30 Zentimeter kommt ein neuer Ast ins Blickfeld. Man läuft wie eine Wendeltreppe hinauf. Je dünner die Äste nach oben hin verwachsen sind, um so mehr beginnt der Baumstamm zu pendeln. Nach 15 Minuten ist die Baumspitze erklommen. Hier schaukelt die Baumkrone gewaltig hin und her. Bei Hajo machen sich die ersten

Schwindelgefühle bemerkbar. Ein Glück, dass die vielen Äste der Fichte die direkte Sicht zum Erdboden verdecken, sonst wäre für Hajo ein Blick senkrecht nach unten ein Traum, der katastrophale Ausmaße annehmen würde.

Oben in der luftigen Höhe bläst ein scharfer Wind. Er ist kühl und unberechenbar. Er fegt schauderhaft durch alle Körperregionen. Doch ein Blick auf den weiten Horizont entschädigt die große Mühe und die körperliche Anstrengung der letzten Minuten. Schnell sind die auftretenden Angstzustände ins Abseits gewandert. Jetzt steht die schöne Aussicht und das windige Vergnügen an erster Stelle.

Auf einer Seite der Baumkrone hängt Diether im Geäst, und auf der Seite gegenüber hockt Hajo und hält die Äste fest im Griff.

"Guck da vorne auf der Straße die Autos und Menschen." ,sagt Hajo.
"Sie sehen wie Spielzeug aus."
"Das ist eine optische Täuschung." ,erklärt Diether.
"Das weiß ich selbst. Ich bin ja nicht von gestern."
"Das hörte sich vorhin etwas anders an." ,bohrt Diether nach.
"Das ist möglich. Daran ist nur diese Kälte schuld."
"Wir wollen hier nicht übernachten."
"Dort oben kreist ein Bussard." ,ruft Hajo.
"Der hat es auf dich abgesehen. An deiner Stelle würde ich sofort mit dem Rückzug beginnen."
"Ich bin doch für den Vogel viel zu schwer." ,meint Hajo.
"Hast du schon einmal einen Bussard aus der Nähe betrachtet?"
"Nein, noch nie."
"Mit seinem spitzen Schnabel zerhackt er dich in kleine Stücke."
"Auweia. Mich kriegt er nicht."
Hajo wartet keine Minute mehr ab und beginnt sogleich mit dem

Abstieg. Rückwärts geht es bedeutend schneller. So wie die Affen schwingen der Diether und sein Freund Hajo ihre quirligen Körper von Ast zu Ast. Dabei fliegt ihnen allerlei Baumdreck hinterher, der wie klebriger Wachs hängenbleibt.
"Heh Diether, was wirfst du mir andauernd auf den Kopf?"
"Ich bin das nicht. Das muss der lockere Baumharz sein."
"Dann bleib´ so lange stehen, bis ich unten angelangt bin."
"Steige du herunter. Ich warte hier so lange." ,sagt Diether.
Wenige Minuten später ist der Erdboden ohne weitere Zwischenfälle erreicht. Nun entfernen die Jungs den anhaftenden Fichtendreck, der beim Auf- und Abstieg hängenblieb. Diether schaut nachdenklich auf seine Reiseuhr, die an einer silbernen Kette baumelt. Es ist bereits später, als er es erwartet hat. Die Zeit muss im Eilflug vergangen sein. Jetzt zählt jede Sekunde. Noch fehlt das Material zum Schnitzen. Ohne dieses Zeug ist Diether nur ein halber Mensch.
"Beeile dich, ich brauche unbedingt die Baumrinde. Und danach muss ich meine Tante besuchen, weil ich es ihr versprochen habe."
"Ich bin gleich fertig. Wo liegt denn die Rinde rum?" ,fragt Hajo.
"Wir brauchen nur um den Teich herumlaufen. Dahinter sind die Bäume bereits zu erkennen."
"Wetzen wir los, die Tante wartet."
Das herumliegende Laub ist teilweise noch feucht. Da rutschen die Füße ein wenig weg. Zwischendurch knacken einige morsche Äste und Zweige, welche alle Tiere in unmittelbarer Nähe zur Flucht bewegen. Geschickt durchstreifen die Knaben die kniehohen Pflanzen der bergischen Waldebene, ohne unvorsichtig auf dem Hosenboden zu landen. Ein wenig abgekämpft stehen die Freunde plötzlich vor der verstreut umherliegenden Holzumschalung. Die Gesichter der

Knaben beginnen zu lächeln. Schnell sind die besten Rindestücke
ausgewählt und eingesammelt. Diether verstaut alles in seiner
umhängenden Ledertasche. Hajo steckt seine Fundstücke ins Hemd,
damit sie auf dem Heimweg nicht verloren gehen.
"Da habe ich einige schöne Rindestücke gefunden. Die reichen mir
wieder für eine Weile aus. Jetzt muss ich mich sehr beeilen. Meine
Tante mag es nicht, wenn ich unpünktlich bin."
"Machen wir ein Wettrennen bis zum Sportplatz hinunter. Dann holen
wir die verschwendete Zeit wieder ein." ,schlägt Hajo vor.
"Glaubst du denn, du kannst mit mir Schritt halten?"
"Klar Diether."
"Ich denke eher, der Sieger steht jetzt schon fest."
"Aufschneider, noch sind wir nicht am Ziel angelangt."
"Bist du bereit?"
"Ja Diether."
"Auf die Plätze, fertig ..... los."
Wie besessen stürmen die beiden Knaben den Schlossberg hinunter.
Hajo weiß, dass er ein schlechter Läufer ist. Diese wieselflinke
Disziplin bringt den Kreislauf der lahmen 'Ente' mächtig auf Trab.
Plötzlich setzen heftige Seitenstiche ein. Dann geht Hajo die
Atemluft um 50 Prozent zurück. Diether läuft solo weiter vorwärts.
Der Sieg ist ihm sicher. Hajo trottet nun wie ein geprügelter
Dorftrottel hinterher. Wild pocht sein Herz. Seine Brust möchte
vor überfordertem Ergeiz zerspringen.
"Mache es gut alter Freund." ,murmelt Hajo dem Gewinner nach.
Mit 20 Minuten Verspätung kommt auch die langsame 'Kröte' an ihr
Ziel. Theresa ist erneut hoch begeistert, als sie den vielen Dreck
erspät. Ein Donnerwetter setzt ein, das Hajo bereits erwartet hat.

*